Karl Philipp Moritz
Fragmente aus dem Tagebuch eines Geistersehers.
Ein philosophischer Briefroman

SEVERUS Verlag

Moritz, Karl Phillip: Fragmente aus dem Tagebuch eines Geistersehers. Ein philosophischer Briefroman. 2018
Neuauflage der Ausgabe von Original-Erscheinungsjahr
ISBN: 978-3-95801-800-6

Korrektorat: Dagmar Tietgen
Satz: Dagmar Tietgen

Umschlaggestaltung: Annelie Lamers, SEVERUS Verlag
Umschlagmotiv: www.pixabay.com

Bibliografische Information der Deutschen Nationalbibliothek: Die Deutsche Nationalbibliothek verzeichnet diese Publikation in der Deutschen Nationalbibliografie; detaillierte bibliografische Daten sind im Internet über https://dnb.de abrufbar.

Der SEVERUS Verlag ist ein Imprint der Bedey & Thoms Media GmbH, Hermannstal 119k, 22119 Hamburg

---

SEVERUS Verlag, 2018
http://www.severus-verlag.de
Gedruckt in Deutschland
Der SEVERUS Verlag übernimmt keine juristische Verantwortung oder irgendeine Haftung für evtl. fehlerhafte Angaben und deren Folgen.

Karl Philipp Moritz

Fragmente aus dem Tagebuch eines Geistersehers
Ein philosophischer Briefroman

MIX
Papier aus verantwortungsvollen Quellen
Paper from responsible sources
FSC® C105338

Vorrede des Verlegers

Der Verfasser dieser wenigen Bogen, hat sich in seinen gelehrten Arbeiten, deren er seit zehn Jahren im Verlage der mehresten Berliner Buchhändler die Hülle und Fülle produziert, einen solchen Plan gemacht, dass wenn ihm die Lust anwandeln sollte, Wanderungen zu machen, er nach Belieben abbrechen könne, ohne dem Ganzen zu schaden.

Dies ist der Fall bei dieser Schrift, die anfänglich 16 Bogen stark werden sollte und sich nun auf die Hälfte gebracht findet.

Wenn der Verfasser einstens seinen vaterländischen Boden wieder betreten sollte und die Sirocco's keinen widrigen Einfluss auf ihn gemacht haben, so wird er sich für Geld und gute Worte wohl zureden lassen, diese Materie fortzusetzen.

An ...
den 1. Juni 1782

Wie lieblich scheint die Sonne am Abend in mein kleines Fenster. Dort auf der Wiese weiden noch die Herden, die einzelnen Eichen werfen ihren langen Schatten jenen Berg hinunter.

Was schimmert dort so weit in der Ferne am Horizont? Es sind die schmalen Purpurstreifen des Abendrotes. Wer wohnt unter jenem fernen Himmelsstrich? Was für Gedanken, was für Wünsche steigen dort empor?

Menschen sind hin- und herzerstreut auf dem ganzen Erdenkreis – wer fasst alle ihre Wünsche, alle ihre Hoffnungen in eins zusammen? Wer birgt sie in seinem Busen, um sie alle dereinst zur Vollendung zu bringen, dass keiner vergessen wird?

O dann werd' auch nicht vergessen werden, sei ich auch so einzeln unter den Menschen, und so verloren als ich wolle.

Die Herden kehren heim, und eilen zu ihrer Lagerstatt – sie schweiften den ganzen Tag umher, und keines hat sich verloren, jedes findet am Abend seine gewohnte Herberge wieder.

Der arme Hirte aus unserem Dorf, der hinter dieser Herde hergeht, legt sich am Abend nieder, um morgen sein Tagewerk von vorne wieder anzufangen. Er glaubt, er weide nur seine Herde – aber er weiß nicht, dass sich unbemerkt der Keim zur Vervollkommnung und Veredlung seines Wesens in ihm bildet – dass jedes Grashälmchen, welches er, ohne Absicht sein Auge an den Boden heftend, betrachtet, seine Kraft zu vergleichen und zu unterscheiden erhöht, dass er mit jedem Blick, womit er Wiese und Berg und Tal umfasst, und dann wieder sein Auge auf ein kleines goldenes Würmchen fallen lässt, das unter Kräutern und Blumen lebt, das Ganze mit Rücksicht auf das Einzelne und das Einzelne mit Rücksicht auf das Ganze betrachten lernt.

Du armer Hirte wirst also in der Reihe denkender Wesen nicht vernachlässigt, nicht vergessen – Dein Rang ist dennoch in der Geisterwelt, ob du gleich den ganzen Tag über nur deine Kühe weidest.

Ist denn also keiner ausgeschlossen? Welch eine unendliche Reihe denkender Wesen steigt vor meinem Blick empor!

Wo seid ihr alle, ihr Millionen, deren Staub sich schon wieder mit anderem Staub gemischt hat?

Habt ihr euch nicht verloren ineinander? Seid ihr noch in derselben Zahl da, wie ihr wärt, da eure Körper abgesondert voneinander, und jeder in sich gedrängt, so viele verschiedene Wesen ausmachten, als verschiedene Gesichtszüge, verschiedene Namen waren?

Die Gesichtszüge, die Namen sind verschwunden – was unterscheidet euch vom Körper ganz entblößter Wesen noch voneinander?

Ist es die unendliche Mannigfaltigkeit der Erinnerungen aus eurem Erdenleben? Aber was bleibt euch denn nun, um diesen Unterschied durch die Dauer eures Wesens fortzupflanzen? Sind die Eindrücke, die ihr nun erhaltet, denn noch so unendlich mannigfaltig verschieden? Oder treffen die Erinnerungen mehrerer aus diesem Erdenleben zusammen und machen vielleicht mehrere zusammen ein Ganzes aus.

Wie oft wünschen nicht Seelen hienieden schon ineinander zu schmelzen, mit allen ihren Gedanken, allen ihren Erinnerungen, die sie von Kindheit auf hatten, eins zu werden.

Und ich sollte das Überströmen meines Wesens in ein anderes scheuen? Und doch scheu ich es? Doch ist alles auf einmal so tot, so abgeschnitten, so zerrissen – wenn ich mein Wesen auch mit einem Wesen höherer Art vertauschen sollte. Dem schaudervollen Übergang zu einem anderen Sein muss erst das Werden seinen Weg bahnen; durch den Mittelbegriff des allmählichen Entstehens kann unser Geist nur in die Zukunft blicken, und die Sprache selbst muss zu diesem Begriff ihre Zuflucht nehmen, wenn sie die Zukunft bezeichnen will.

Die Sonne ist untergesunken, die Abendglocke tönt im Dorf, das Tagewerk der Arbeiter ist vorbei. Die Natur hat wiederum einen großen Akt vollendet, und lässt nun den Vorhang fallen.

An ...
am 24. Juli 1782

Noch find' ich also, selbst bei einem siechen Körper, hier das Glück, das ich in der weiten Welt vergeblich suchte. Die Ernte beginnt nun, und ich kann ein Zuschauer von den fröhlichen Festen der Landleute sein. Ich kann mich so nahe an die liebevolle Natur halten; sie ist meine Mutter, meine Freundin.

Ihr wohltätiger Hauch gießt Balsam in meine verwundete Seele. Meine kranke Phantasie wird immer reiner und heller wieder, indem sie überall reizende wohltätige Bilder sammelt, und sie harmonisch ordnet; jedes Blättchen am Baum, das ich mit Wohlgefallen betrachte, flößt mir sanfte Empfindungen ein.

Ich kann mich wieder der hangenden Birke und der hohen Fichte freuen, die ungeachtet der Verschiedenheit ihrer Natur, ihre Zweige von oben gesellig zusammen flechten.

Der Anblick der wollichten Herde unter dem Schatten eines Baumes, in das grüne Gras gelagert, hat etwas Aug- und Herzerquickendes für mich, das zugleich die Seele unbemerkt erhebt, und sie für jeden Eindruck aus der Natur empfänglicher macht – die weiße, weiche Wolle, das sanfte Grün, die ovalgerundeten Blätter, der zierlich gekräuselte Schatten – vereinigen sich zusammen, um in der Seele ein Bild auszumalen, wodurch jeder Nerv harmonisch vibriert, und indem auf die Weise unser Blick das Weltall, auch nur in einem einzigen seiner Punkte, gleichsam von der rechten Seite fasst, von welcher es der höchste Verstand selbst mit Wohlgefallen durchschaut, wo sich alle anscheinende Disharmonie in Harmonie auflöst – so erhebt auch dieser Anblick die Seele, und macht sie fähig, nach einem verjüngten Maßstab die Größe und Schönheit dieses unbegreiflichen Weltalls zu messen – ihr wird ein Blick in das innerste Heiligtum der Natur eröffnet – sie staunt nicht über das eigentlich sanfte Grün, die weiße Wolle, die ovalgerundeten Blätter, und den zierlich sich kräuselnden Schatten, sondern über die großen, bewundernswürdigen Verhältnisse, die sie in dem Augenblick, ohne es selbst zu wissen, überrechnet.

Als ich gestern diesen Anblick eine halbe Stunde lang genossen hatte, da erheiterte sich meine trübe Seele wieder – mein Blick wurde freier – meine Brust atmete leichter – so will ich denn öfter zu diesem Anblick meine Zuflucht nehmen, ich darf ja aus meiner Wohnung nur wenige Schritte danach tun.

Kehrte ich nicht getröstet, und mit herzerhebenden Gedanken wieder heim – o wen hast du liebevolle Natur, wohl je ungetröstet von dir gelassen, der Trost bei dir suchte?

Und was war mein Kummer? War er nicht eben in dieser Verstimmung meiner Phantasie gegründet, die der feste Anblick der mich umgebenden Natur wieder heilte. Was war es anders, als dass mein Auge den unrechten Gesichtspunkt gefasst hatte, aus der ich diese schöne Welt betrachtete, in der ich nun anfing, Verwirrung und Unordnung, Unglück und Jammer zu sehen, wohin ich blickte, und zu ahnden, wohin ich nicht blickte?

Ist nun nicht meine Seele wieder gestärkt? Meine Denkkraft nicht wieder in Tätigkeit gesetzt? Und das Heiligungsmittel liegt mir so nahe – ich darf das Kraut nur pflücken, das zu meinen Füßen wächst, um meinen Schmerz zu lindern.

Ich stehe da, und betrachte die arbeitsamen Landleute – wohin ich blicke, sehe ich Leben und Bewegung – Erreichung der mannigfaltigen Endzwecke der Natur – im gleichen Takt heben die Arme der Ernter sich mit den Sensen auf, und die vollen Ähren sinken nieder – der Schweiß tröpfelt von der Stirn des Arbeiters, aber er freut sich seiner Gesundheit und seiner Stärke – und auf den Ersatz seiner aufgewandten Kräfte durch die zubereiteten Nahrungsmittel und den süßen Schlaf.

Mit jedem wiederholten Sensenschlag kommt Takt und Ordnung in sein Leben, und in alle seine Gedanken. Er erfüllt in jedem Augenblick den Zweck seines Daseins, indem er durch die Tätigkeit seines Körpers unbemerkt seinen Geist zur Ordnung, zur Ausdauer im Denken gewöhnt, das ihm, wenn er dereinst ohne Körper sein wird, noch zustatten kommen soll, und indem er zugleich die großen Endzwecke der Natur zur Erhaltung und Ernährung der Körper befördern hilft, in denen und durch die noch mehrere Geister zu einem Dasein höherer Art gebildet werden sollen.

Eine wohltätige Unwissenheit umhüllt euren Blick, ihr Arbeiter im Schweiße eures Angesichts. Um euch her ist die große, unendliche Welt, ihr aber seid auf den Fleck der Erde geheftet, wo ihr euer Leben empfingt – hier wohnt ihr eine Zeitlang in euren engen niedrigen Hütten – dem Boden, den ihr bewohnt, zwingt ihr auch eure Nahrung ab – und dann legt ihr euch auf einen kleinen Fleck eures väterlichen Bodens schlafen, und versammelt euren Staub zu dem Staub eurer Vorältern.

Es hat euch nie eingeleuchtet, was ihr einst sein werdet, die ihr dort schlummert. Eure Kinder, die jetzt auf eurem Staub gehen, werden entschlummern wie ihr – aber einst muss die große Ernte erscheinen – es kann nicht Blendwerk, kann nicht Täuschung sein. Sollte die große Natur, die kein Röhrchen, keine Faser ohne Zweck und Absicht schuf – hier so plötzlich aufhören nach Zweck und Absicht zu handeln – sollte sie ewig säen, und säen, und säen – ohne je zu ernten? Sollte dieses Erdenleben, dessen so mancher nur wenige Stunden froh wird, ihr letzter Zweck sein?

Sind nicht die Gedanken des Menschen, womit er die Ordnung und Harmonie in der ganzen Natur bemerkt, das Edelste in der ganzen Natur.

Und dieser reinste, abgezogenste Stoff, auf dessen Bildung alle Eindrücke aus der Körperwelt unaufhörlich hinarbeiten, der sollte sich wieder, ohne nun weiter genutzt zu werden, mit der übrigen Körpermasse mischen? So verschwenderisch sollte die sonst so sparsame Natur zu Werke gehen, dass sie alle ihre Kräfte aufböte, um durch den umgebenden Körper den Geist eines Menschen zu bilden, den sie zugleich mit diesem Körper wieder zerstörte?

Zwar bildet sie im Frühling ein Blatt am Baum, rundet es sorgfältig, und versieht es höchstkünstlich mit unzähligen Röhrchen, wodurch es seinen Nahrungssaft in sich saugt, und seine Bestandteile sich vermehren – und eben dies Blatt lässt sie im Herbst wieder welken, abfallen, und in den Staub zertreten werden – denn sie liebt die Verjüngung; sie zerstört, um immer aufs Neue wieder hervorzubringen – sie scheint das Altgewordene, das Verwelkte zu vernachlässigen – aber sie tut es nicht; sie lässt kein Stäubchen von dem Verwelkten verloren gehen – und dann lässt sie auch dasjenige, auf dessen Wachstum und Bildung sie mehr Mühe gewandt zu haben scheint, immer länger dauern, als das worauf sie weniger Sorgfalt wendet, – der Baum, der Jahre zu seinem Wachstum bedurfte, dauert länger, als seine Blätter, die ein Frühling zur Vollkommenheit brachte.

Zwar finden sich die Bestandteile eines verwelkten, in Staub verwandelten Blattes vielleicht in Ewigkeit nie wieder so zusammen, wie sie einmal am Baum saßen, da das Blatt sein vollkommenes Wachstum erreicht hatte, aber die Natur wirkt den Stoff der verwelkten Dinge ineinander, und formt ihn nach und nach zu neuen Wesen um.

Nur ein Wesen, dem sie Bewusstsein und Selbstgefühl verlieh, kann ohne seine gänzliche Vernichtung nie der Stoff zu einem anderen Wesen werden. Hier wäre also allein der Faden, der die Zerstörung sonst immer an neues Dasein knüpft, gänzlich abgeschnitten. Hier wäre Mangel an Zusammenhang, Verwirrung und Unordnung.

Oder sollte ich lieber glauben, dass die Natur nur auf die Erhaltung und Fortpflanzung der Körperwelt, als ihren eigentlichen Zweck hinarbeite, und dass die Erhöhung der Denkkraft und die Veredlung des Geistes, nur eine zufällige Folge bei dieser ihrer immerwährenden Bestrebung sei, woran sie selbst nie dachte, wodurch sie etwas Edleres hervorbrachte, als sie eigentlich hervorbringen wollte?

Was sollte mich denn bewegen, so herabwürdigend von ihr zu denken, dass ich sie unter mich selbst herabsetzte, da ich sie in allen Übrigen so viel weiser und verständiger, als mein eigenes denkendes Wesen finde, dass ich kaum mit aller meiner Denkkraft ihrem großen Plan von Ferne nachspähen kann, geschweige denn, dass ich an ihrer Stelle ihn hätte entwerfen können.

Es scheint mir also, als ob das, was ich die Natur nenne, weiser und verständiger ist, als ich. Insofern ich mir aber nun unter der Natur die Einrichtung der Dinge außer mir denke, so wie sie ohne mein Zutun sind, sehe ich wieder nicht, wie eine bloße Einrichtung an und für sich selber, schon als ein verständiges und weises Wesen betrachtet werden kann, noch wie sie sich selbst habe machen können.

Hier bleib ich für jetzt mit meinem Nachdenken stehen und ruhe sanft in dem Gedanken, dass ich in der Ordnung der Dinge mitgetragen und erhalten werde, worin nur die Formen, aber nicht die Bestandteile der Dinge vernichtet werden. Bei meinem denkenden Ich fällt selber Form und Bestandteile in eins zusammen, wenn es also vernichtet wird, so muss es ganz vernichtet werden, ohne dass es irgend zu einem neuen Wesen je wieder umgearbeitet werden könnte; und weil nun alles in der Natur gegen eine solche Verschwendung streitet, so sichert mir das die Fortdauer meines Daseins, bis neue Zweifel meine Überzeugung wankend machen.

den 25. Juli

Aber ist es denn Verschwendung in der Natur, wenn sie einen menschlichen Geist bloß deswegen bis zu einer der höchsten Stufen der Vollkommenheit bildete, damit der hinterbleibende Abdruck desselben noch nach Jahrtausenden sich wieder in anderen Geistern abdrückte, die ihre Vervollkommnung wiederum auf kommende Geschlechter fortpflanzen?

Geht wohl die Spur irgendeines für die Welt verloschenen menschlichen Geistes ganz verloren? Dauert sie nicht in den unaufhaltsamen Folgen seiner geringsten Handlungen fort?

Die Erfindungen und Gedanken der einen Generation pflanzen sich auf die andere fort. Die Summe der menschlichen Kenntnisse wächst beständig an. Die Natur scheint ihr Absehen vorzüglich auf die Erhaltung und Vervollkommung der ganzen Art gerichtet zu haben. Sie will nur immer Leben, neues verjüngtes Leben. Es soll nur immer ein Menschengeschlecht da sein, in dem sie sich auf tausendfache Weise spiegelte, gleich viel, aus was für einzelnen Menschen dies ganze Geschlecht besteht.

Wenn nur grüne Blätter wieder da sind, so kümmert es uns ja nichts, ob es dieselben, die schon einmal da waren, oder andere sind.

Die junge Welt steigt empor, und freut sich ihres Daseins, ohne darüber zu trauern, dass die Vorwelt nicht mehr da ist, und ohne über den Gedanken zu erschrecken, dass sie auch einst nicht mehr da sein wird.

In der ganzen Körperwelt ist ungeachtet des ewigen Kreislaufs von Veränderungen aller Wesen kein Stäubchen mehr noch weniger, als von Anfang darin war.

Wie ist es denn mit der Geisterwelt? Nimmt diese denn ewig an der Anzahl ihrer einzelnen Wesen zu? Wird sie mit dem Tode jedes Sterblichen neu bevölkert? Oder war sie schon von Ewigkeit wie jetzt? Ist in ihr ein Kreislauf, wie in der Körperwelt oder ein immerwährendes Fortschreiten?

Entsteht mit jedem Geiste, der in dem Körper durch die von allen Seiten zuströmenden Ideen, genährt und aufgezogen wird, ein Wesen, das vorher nicht da war? Oder war es vorher da? Und wenn es da war, warum ist es sich sich seines vorigen Zustandes nicht bewusst?

Wo ist seine vorige Selbstheit, sein voriges Ich geblieben?

Wer rettet mich von dieser Fragesucht, die mich so unwillkürlich anwandelt – warum führen meine Gedanken mich in unübersehbare Labyrinthe? Nie werde ich auf diese Art einen Ausweg finden.

So will ich denn den Lauf meiner Gedanken hemmen, und meine Sinne dem Genuss der schönen Natur eröffnen – ich will meine große Lehrerin fragen, und auf ihre sanfte Stimme horchen.

Ich will sie am Wasserfall, in der Dunkelheit des Waldes und in ihren Höhlen und Felsengrotten belauschen – ich will sie beschwören, mir das undurchdringliche Geheimnis meines Daseins aufzuschließen. So lange will ich aus ihrem reinen Lichtstrom schöpfen, bis meine Gedanken klar genug sind, um den milden Strahl der Wahrheit aufzufassen.

Morgen in der Frühe will ich jenen Berg besteigen, und der kommenden Sonne entgegen sehen – bis dahin soll es stille sein in meiner Seele, damit ich durch den erquickenden Schlummer der Nacht zum neuen Denken gestärkt erwachen möge!

An ...
den 26. Juli

Sie ging auf, noch eben so jung und schön, wie vor Jahrtausenden. Sie ist das Bleibende unter dem Vergänglichen; das Maß wonach wir das Fortrückende abmessen, sie bildet Tage und Jahre, und Jahreszeiten, die immer in gleicher Ordnung wiederkehren.

Ihr milder Strahl kann dem Verzweifelnden wieder Mut, dem Betrübten Trost einflößen – sollte er nicht auch dem Zweifler ein Licht in seiner Seele anzünden, und den undurchdringlichen Nebel, der auf seinem Gesichtskreis ruht verscheuchen können? Dacht' ich, da ich den Gipfel des Berges erstiegen hatte.

Ein Hirtenknabe hatte sich ins Gras hingelagert, und blickte starr in die aufgehende Sonne – sein Antlitz war von ihrem Schein gerötet. Ich setzte mich neben ihn, und fragte ihn, woran er dächte? An meinen Vater, antwortete er mit Seufzen. Ich seh' ihn in dem hellen Ring stehen, den die Sonne um sich her hat.

Der Vater des Knaben war vor wenigen Wochen gestorben – einer der rechtschaffensten Männer im Dorf, bei dessen Grab alles weinte, denn er hinterließ keinen einzigen Feind.

Siehst du deinen Vater in dem hellen Ring, der um die Sonne her ist? Wie sieht er denn aus, dein Vater?

Er ist so hell wie die Sonne, er ist nun verklärt.

Er hat mir immer gesagt, ich sollte des Morgens früh in die Sonne blicken, da würde ich ihn wiedersehen, wenn er gestorben wäre.

Ich hatte diesen Mann wohl gekannt, und wusste, dass er immer still und nachdenkend gewesen war, und dabei äußerst arbeitsam, fromm und gewissenhaft. Übrigens war er, soweit ich ihn kannte, nichts weniger, als ein Schwärmer – weil er besser, wie die übrigen Einwohner des Dorfes lesen und schreiben konnte, so machte er von dieser Geschicklichkeit zuweilen Gebrauch, wenn er jemanden einen Dienst leisten konnte.

Der Knabe zog ein Papier aus der Tasche und sagte, das habe ihm sein Vater auf dem Totenbett gegeben, dass er die Worte auswendig lernen solle, damit, wenn er etwa das Papier verlöre, doch die Worte noch in seinem Gedächtnis wären.

Wie erstaunte ich, da ich in schön geschriebener Schrift las: »Blicke alle Morgen früh in die Sonne, so wirst du meinen Geist sehen.«

»Staub kehrt zu Staub – Licht zu Licht. In den Strahlen der Sonne, werd' ich wohnen. Die kühle Morgenluft wird vor mir her wehen.«

Mir fielen, da ich diese Worte las, alle die erhabenen ossianschen Bilder ein – wie die Geister der Helden nun als glänzende Meteore auf den Wolken reiten – wie sie in ihren luftigen Hallen sitzen, und den Gesängen des Barden lauschen, der in dumpfen Tönen die halbsichtbare Harfe schlägt.

Ich wandte das Blättchen um und las weiter:

»Betrachte die Blumen auf dem Feld, wenn du deine Herde weidest, und dann schlage dein Auge wieder in die Höhe, und denke: Himmel und Erde!«

»Und wenn du Himmel und Erde gedacht hast, so betrachte wieder die Blumen auf dem Feld und die Grashalme um dich her!«

Dies schrieb ein Bauer? Wie kam er dazu? In den letzten Worten schien mir ein großer Sinn zu liegen. Ich fand hier das Resultat meines eigenen langen Nachdenkens wieder.

Wenn du dir Himmel und Erde gedacht hat, so betrachte wieder die Grashalme um dich her! Was heißt das anderes, als gewöhne deinen Geist beim Einzelnen das Ganze und in dem Ganzen stets das Einzelne zu denken! Ist das nicht die einzige wahre Vervollkommung unserer Denkkraft – scheint nicht alles darauf abzuzwecken, uns in dieser beständigen Übung zu erhalten? Und warum sollte denn ein Bauer am Ende seines Lebens nicht ebenso gut auf dies große Resultat, auf diesen letzten Zweck seines ganzen irdischen Daseins gekommen sein, als irgendein anderer Sterblicher, wenn dieser Zweck vielleicht im höheren Grad bei ihm erreicht war?

Warum sollte auch seine Sprache und sein Ausdruck, zugleich mit der Erhabenheit seiner Gedanken und seines Gegenstandes sich nicht veredelt haben?

Indem ich mir so die Entstehung dieser Zeilen wahrscheinlich zu machen suchte, schien mir in dem Antlitz des Hirtenknaben etwas einzuleuchten, das ich erst für bloße Täuschung hielt, welche bei einer solchen Szene sehr natürlich war – allein eine Träne, die in seinem Auge stand, erhöhte so sehr seine Bildung, welche einen gewissen Adel der Seele verriet, dass ich mich nicht enthalten konnte, genauer nachzuforschen, und wegen seines verstorbenen Vaters verschiedene Fragen an ihn zu tun.

Jede Antwort, die er mir gab, machte mich aufmerksamer – aus seiner allerfrühesten Kindheit sei es ihm erinnerlich, dass er mit seinem Vater in einer Stadt gelebt habe und dann wäre es ihm noch ganz wie im Traum, als ob er einmal eine weite, weite Reise über viele hohe Berge gemacht hätte.

Sobald ich nach Hause kam, erkundigte ich mich im Dorf nach dem verstorbenen Vater des Hirtenknaben und erfuhr, dass er sich vor zwölf Jahren ein kleines Gut angekauft, und seit der Zeit ganz wie ein gemeiner Bauer gelebt habe. Er sei gegen jedermann liebreich und freundlich gewesen, habe aber nie viel gesprochen, seinen Sohn habe er damals, als einen Knaben von zwei bis drei Jahren mitgebracht, und ihn ganz allein für sich erzogen, er habe ihn bis jetzt die Schafe hüten lassen, mit dem Schäfer habe er fast noch den meisten Umgang gehabt, bei dem sei auch jetzt der Knabe. Sein Gut sei verkauft, und das Geld für den Knaben zurückgelegt. Er habe sich Sonnenberg genannt, niemand aber wisse, woher er gekommen sei.

Dies alles nebst dem, was mir der Hirtenknabe gesagt hatte, flößte mir eine brennende Begierde ein, von dem Schicksal dieses sonderbaren Mannes mehr zu erfahren. Ich eilte zu dem Schäfer, mit dem er noch den meisten Umgang sollte gehabt haben, und bei dem sich jetzt sein Sohn aufhielt. Ich fand aber an diesem Schäfer gar nichts besonders. Er schien mir ein ehrlicher Bauer zu sein, dessen Kenntnisse sich nicht viel weiter, als auf seine Schäferei erstreckten.

Er wollte erst nichts mehr als andere von dem Verstorbenen wissen, da ich ihn aber etwas zutraulicher gemacht hatte, so führte er mich in ein Kämmerchen, wo die kleine Büchersammlung des alten Sonnenbergs in einem verschlossenen Schränkchen stand – es waren Homer, Ossian, und Milton sauber gebunden; eine kleine schön gedruckte Taschenausgabe vom Horaz; Gessners Idyllen und Rousseaus Emile.

Hinter den Büchern lag eine Anzahl Blätter in demselben Format, wie das, welches der Hirtenknabe aus der Tasche gezogen hatte.

Und in einer Ecke stand ein verschlossenes, eisernes Kästchen, zu welchem sein Sohn den Schlüssel aus den Händen des Schäfers nicht eher erhalten sollte, als bis er mündig wäre, stürbe er, so sollte das Kästchen mit ihm begraben werden.

Der Schäfer schien mir ein Mann von unerschütterlicher Rechtschaffenheit und Treue zu sein, dem so etwas mit großer Sicherheit anvertraut werden konnte.

Die zusammengebundenen Blätter waren dazu bestimmt, dass sein Sohn eins nach dem anderen eine gewisse Zeit in der Tasche tragen, und es so oft für sich lesen sollte, bis er den Sinn davon gefasst hätte.

Diese Blätter zu bekommen, dahin ging jetzt alle mein Trachten. Der Schäfer aber schien sie nicht aus den Händen geben zu wollen. Ich konnte mir keine Hoffnung machen, sie anders, als nach und nach aus der Tasche des Hirtenknaben zu erhalten.

Ein beschriebenes Buch, sagte der Schäfer, sei ihm nicht verboten, aus der Hand zu geben, er habe es auch nicht einmal verschlossen, dies versprach er mir mitzugeben. Begierig eilte ich damit nach Hause, und als ich nur ein wenig darin geblättert hatte, fand ich einen neuen Busenfreund, ich begrüßte in ihm einen Geisterseher von der edleren Art mit dem ich nun Hand in Hand den Weg meiner Untersuchungen fortwandeln konnte. – Was ich besaß, war ein Teil von den Aufsätzen des Verstorbenen über sich selbst, das ich nun meinem Tagebuch über mich selbst, welches ich dreien Freunden hinterlasse, mit einverleiben will. Er ist den Weg zum Ziel vor mir vorangegangen und hat mir den Pfad gebahnt, den ich bald betreten werde. Ich will mich nun mit seinem Geist unterhalten, solange ich noch hienieden wandle, bis die Scheidewand in Staub zerfällt, die jetzt mein Wesen noch von dem seinigen trennt und eine undurchdringliche Kluft zwischen uns befestigt.

Mit dem Hirtenknaben will ich nun oft den Gipfel des Berges besteigen, und unverwandt mit ihm in die aufgehende Sonne schauen, um den Lichtgeist des Verwesten in ihrem Strahlenkreis zu erblicken, und aus ihrem Anblick Nahrung für das Auge meines Geistes zu schöpfen.

Und du Berg, den ich mit jedem Morgen künftig besteigen werde, sollst der Namensgenosse meines Verklärten sein – Dein Name auf der Karte meiner Wanderungen durch dies Leben sei der Sonnenberg!

An …
den 27. Juli, abends

Lieber *** ich gedenke dein bei meiner einsamen Lampe, wenn du dies einst liest, so denk' an unser Losungswort – vergangen ist nicht vergangen. Liegt dein Hund vor deiner Hütte und wacht? Hast du den Riegel inwendig vergeschoben – pfeift der Wind noch durch die Ritzen deiner Fensterladen – sitzt du fein einsam und sicher bei deiner Lampe mit dem hellen Docht wie ich? Ist das Gewebe der großen Spinne in der Ecke am Fenster noch immer nicht zerstört? Hast du dein altes Klavier mit dem geborstenen Resonanzboden wieder gestimmt? Und baust du noch immer an deiner Orgel?

Heute früh' habe ich zum erstenmal meine Morgenandacht auf dem Sonnenberg verrichtet, den du aus meinem gestrigen Briefe kennst.

Der Hirtenknabe hatte sich wieder an denselben Platz hingelagert, wo ich ihn gestern traf.

Aber welch ein Hirtenknabe!

Ich stand hinter einem Gebüsch und lauschte, und hörte ihn sagen: Alme sol – aliusque et idem nasceris.

Nach einer Pause hob er an: Hail holy light.

Ich wusste kaum, ob ich meinen Ohren trauen sollte. Von Bewunderung und Erstaunen hingerissen, konnte ich mich kaum hinter dem Gebüsch halten, bis der Knabe seine Morgenandacht, wofür ich diese Ausbrüche hielt, vollendet hatte.

Als er nun still war und noch mit gefalteten Händen dasaß, eilte ich hervor, und setzte mich neben ihn, er schien sich nicht in seiner Betrachtung stören zu lassen, richtete seine Augen unverwandt nach Sonnenaufgang hin, indes seine Herde in dem betauten Gras weidete.

Ich folgte seinem Beispiel; denn ich wusste keinen edleren und schöneren Gegenstand meiner Betrachtung, als den, welchen er sich gewählt hatte, den Anbruch des jungen Tages.

Das Hinwegeilen der Nacht; die eine Hälfte des Himmels noch im nächtlichen Dunkel, indes die andere schon lange mit der Klarheit des Tages strahlte; die vergoldeten Spitzen der Hügel in der Nähe und in der

Ferne; die kleinen Winzerhäuschen auf den Weinbergen, die mit ihren hellroten Dächern und weißen Wänden aus dem dichten Grün hervorschimmerten, tief unten der sich schlängelnde Fluss, und dicht neben mir ein frohes, jugendliches, menschliches Antlitz, in dessen Zügen stille Heiterkeit wohnte, wodurch sich eine reine Seele offenbarte, die in diesem Augenblick die ganze Fülle ihres gegenwärtigen Daseins genoss – und ich hätte diese lebendige Fülle nicht auch genießen, ich hätte diese herrlichen Augenblicke nicht für Lebenszweck halten sollen? Keine neugierige Frage kam über meine Lippen, bis diese Fülle des Daseins allmählich abnahm, und kältere, bedürftigere Lebensmomente an ihre Stelle traten, die den Stachel des Erweiterungstriebes der Gedanken wieder schärften.

»Lehrte dich dein Vater die Bücher lesen, die er dir hinterlassen hat?«

»Einige davon.«

»Hast du die Bibel gelesen?«

»Ja. Die Schöpfungsgeschichte.«

Ich ließ mich darauf mit dem Knaben in ein stundenlanges Gespräch über einige der erhabensten Gegenstände des Denkens ein und wusste am Ende nicht mehr, ob ich träumte oder wachte – mir wandelten plötzlich alle meine ehemaligen egoistischen Zweifel an, und ich fing im Ernst an zu fürchten, dass dieser Hirtenknabe kein wirklicher Hirtenknabe, sondern ein bloßes Geschöpf, meine Einbildungskraft, und seine Reden vielleicht das bloße Echo meiner eigenen Gedanken sein möchten.

Ich fühlte daher eine unwiderstehliche Neigung in mir, die Möglichkeit dieser Erscheinung zu entwickeln, um an ihrer Wirklichkeit ferner nicht zweifeln zu dürfen – und forschte so tief ich konnte, wie der Hirtenknabe wohl das geworden sein möchte, was er war, und wie er bei dem was er geworden war, noch bleiben konnte, was er war? Wie sich bei aller dieser Verfeinerung des Denkens und Empfindens, seiner Seele die tiefe Resignation eingeprägt hatte, und gleichsam bei ihm eingewurzelt war, wodurch er sich in seinem Stand, ohne gekannt und bemerkt zu werden, als Hirtenknabe, so glücklich fand? Aber es war mir unmöglich auf den Grund zu kommen. Vielleicht weil ich die Kunst zu fragen nicht verstand und er nur dann eine Frage beantwortete, wenn sie ihm wichtig genug schien, sein Nachdenken, das sich vielleicht mit ganz anderen Gegenständen beschäftigte, zu einer Antwort zu sammeln. Seine Antwort konnte daher gemeinhin der Probierstein meiner Frage sein, ob es mir gelungen war, sie zweckmäßig einzurichten oder nicht.

Die Sparsamkeit mit Worten schien eine von den vollkommensten Früchten der herrlichen Pädagogik seines Vaters zu sein. Die organischen Werkzeuge nie eher zur Hervorbringung eines artikulierten Schalls in Bewegung zu setzen, bis sich erst die gehörige Fülle des Gedankens gesammelt hatte, der dem artikulierten Schall die Seele gab, welcher nun wie die gereifte Frucht vom Baum abfiel – und nie vor der Zeit mit Zwang oder Gewalt gepflückt wurde.

Auf die Weise blieb dies herrliche Organ, immer heilig, rein und unentweiht und stark genug, die Fülle der zuströmenden Gedanken in die ausgewähltesten und nachdrücklichsten Laute zusammenzufassen – so war auch bei ihm Miene und Bewegung, keinen Augenblick, bloß um seiner selbst willen und gedankenleer, sondern das Resultat von der inneren Fülle; sie waren das bis an den höchsten Rand vollgegossene Maß, welches bei dem mindesten Zuguss überläuft. Es war mir, da ich von dem Berg zurückkehrte, als hätte ich mit einem der Unsterblichen Unterredung gepflogen, denn ich hatte das Meisterstück der erhabensten Pädagogik, den Ernst und Tiefsinn eines Mannes umgeben mit der Blüte der Jugend gesehen.

Wir anderen kommen gemeinhin erst dann zu dem völligen Genuss unserer Seelenkäfte, wenn die erste Blüte des Lebens schon verwelkt ist.

Wir können uns keine Idee davon machen, was die umgebende schöne Natur auf die jugendlichen Sinne, wenn sie mit einer gewissen Stärke der Denkkraft vereinigt sind, für einen paradiesischen Eindruck machen muss.

Die Jugend beschaut sich selbst in ihrer Wirklichkeit – der aufkeimende Gedanke bemerkt sein eigenes Entstehen – die Morgenröte des Verstandes freut sich ihres Werdens.

Diesen Himmel in einer Knabenseele hervorzubringen, verdient vielleicht die Aufopferung einer Manneswirksamkeit.

Scheint doch die Natur so manches eigentlich um ihrer selbst willen gebildet zu haben, das sie mit verschwenderischer Sorgfalt ausschmückt, nicht sowohl um irgend noch einen fremden Zweck dadurch zu erreichen, als vielmehr, um gleichsam zu zeigen, was sie vermag.

Hatte vielleicht des alten Sonnenbergs Pädagogik auch hier der Natur nachahmen, und etwas liefern wollen, was nicht allgemein sein, sondern in seiner Art einzeln bleiben muss, wenn nicht das Mannesalter der Menschen und ihre nützliche Bestimmung untergraben werden soll?

Aber warum drängte er denn gerade bei seinem Sohn alle künftige Lebenswirksamkeit, wie es schien, in den gegenwärtigen Lebensgenuss zusammen?

Was bewog ihn, ein seiner Natur nach wirkendes Wesen, aus dem Zusammenhang ähnlicher wirkender Wesen, so herauszusondern, und, statt es in dieses große Drehwerk eingreifen zu lassen, alle Kräfte und alle Wirksamkeit desselben in sich selbst zurückzulenken?

Fand er den Zusammenhang der wirkenden Kräfte zu schlecht, um die Wirksamkeit seines Sohnes darin eingreifen zu lassen, oder fand er diese Wirksamkeit zu schwach, um gehörig darin eingreifen zu können?

Um diese Zweifel einigermaßen zu lösen, will ich folgende Aufsätze aus Sonnenbergs Papieren mitteilen:

Über Zusammenhang, Zeugung und Organisation

Sei mir gesegnet, du kleine Hütte – ich weihe dich durch die Gegenwart eines menschlichen Geistes, der in dir wohnt, und noch einen Geist außer sich bildet, zu einem Heiligtum, so wie dieser Körper, den ich trage, durch den inwohnenden Geist geheiligt wird.

Eine Hütte wohnt in der anderen; beide werden in Staub zerfallen. Mein Leib noch früher, als du von Leimen zusammengesetztes Haus. Aber ich murre deswegen nicht.

Das Zusammengesetzte kann nicht immer dauern, und bleibt desto zerstörbarer, je zarter sein Bau ist. Es ist nur Zwang, der die Teile der Körper zusammenhält; ihre eigentliche immerwährende Natur ist, aufgelöst, auseinander, nicht mehr zu einem Ganzen untergeordnet, sondern sich gleich zu sein, wie die Teile des Staubes sich einander gleich sind.

Darum ist des zusammengesetzten, organisierten so wenig, und des auseinanderbestehenden, aufgelösten, unorganisierten Stoffes, im Vergleich, so erstaunlich viel.

Die Zusammensetzung ist gleichsam ein Zwang eine Unterjochung der Teile, die wieder in ihrer natürlichen Freiheit zu sein streben, so wie die in einen Staat zusammengezwängten Menschen, dieses natürliche Freiheitsgefühl nie ganz unterdrücken können.

Das Zusammengesetzte lässt sich nie ohne Streit, Krieg, Gegeneinanderstreben denken, die Ruhe ist in der Auflösung, in der Gleichwerdung, in der Absonderung der Teile.

Allein wenn Leben, Organisation, und Bewegung sein soll, so kann sie nicht anders, als durch diesen Zwang der widerstrebenden Teile zu einem Ganzen erhalten werden. Und der stärkste Grad des Zusammenhangs zweier belebter Wesen ist es, welcher immer erst wieder einen neuen Zusammenhang von Teilen hervorbringt, die sonst ewig voneinander abgesondert geblieben wären, nun aber durch die Fortpflanzung des Zusammenhangs eine ihnen bis dahin ungewöhnliche Tendenz bekommen, sich zu einem Körper zu bilden.

Zur Hervorbringung eines neuen Zusammenhangs von Teilen gehört notwendig der stärkste Grad des Zusammenhangs zwischen zwei Körpern, die auseinander sind.

Hier sind zwei Wesen, deren jedes durch den Zusammenhang seiner Bestandteile für sich ein Ganzes ausmacht, und die nun, als zwei ineinander überströmende Ganze, einen neuen Zusammenhang erhalten, der nun den Zusammenhang aller inneren Bestandteile eines jeden zusammengenommen, in sich fasst.

Man könnte sagen: dies sei der mit sich selbst vervielfältigte Zusammenhang aller Teile eines organisierten Körpers. Dieser höchste Grad des Zusammenhangs ist nun auch das höchste Leben, wodurch neues Leben da entsteht, wo es vorher noch nicht war. Und wenn nun jeder Zusammenhang an sich schon Vergnügen macht, so muss dieser höchste Grad desselben auch der höchste Grad des Vergnügens, welcher Wollust heißt, werden.

Die wundervolle Entstehung des Lebens, wo vorher nicht Leben war, und dieser Übergang vom Nichtsein zum Dasein, ist der geheimnisvolle, dunkle Vorhang der Natur, welchen kein sterblicher Blick durchdringt.

Wie ist das mit sich selbst Vervielfältigte von der mit sich selbst Vervielfältigung verschieden, – und wie kann es, von dieser abgesondert, ein neues für sich bestehendes Wesen sein?

Ist die Zahl vier eine neue Zahl, oder haben wir dem zwei mal zwei nur einen anderen Namen gegeben? Die Zahl vier ist der Abdruck, das Resultat der Selbstvervielfältigung von zwei.

Eine Zahl mit allen ihren Einheiten zusammengenommen, tritt mit einer ihr ähnlichen Zahl in eine so genaue Verbindung, dass ein Zusammenfluss zwischen ihren beiderseitigen Einheiten entsteht, und was daraus zurückbleibt ist eine neue Zahl.

Wenn ein Ganzes mit einem anderen Ganzen außer sich in Verbindung tritt, so wird der innere Zusammenhang seiner Teile erst recht fest und merkbar; denn alle bekommen nunmehr eine gemeinschaftliche, doppelte Beziehung nicht nur gegeneinander unter sich, sondern zusammengenommen gegen ein anderes ihnen ähnliches Ganze außer sich, mit dem sie sich in allen möglichen Punkten wechselseitig zu berühren streben.

Ein solcher im höchsten Grad gereizter Trieb der Körperteile, sich zusammenzuhängen, ist nun etwas von den beiden sich in allen Punkten berührenden wirklichen Wesen Verschiedenes, und kann an sich nicht aufhören, wenn gleich sich diese beiden Wesen wieder trennen; sondern er ergreift, was ihm am nächsten liegt, und gibt ihm Zusammenhang, Bildung und

Form, wodurch der aufgehobene höchste Zusammenhang der Körperteile zweier ähnlicher und doch voneinander verschiedener Wesen wieder ersetzt wird.

Der Zusammenhang der Teile eines einzelnen körperlichen Ganzen muss also durch den höchsten Grad der Vereinigung mit einem anderen, ihm ähnlichen Ganzen, in sich selbst zurückgedrängt, und dadurch verstärkt werden, um die zusammenhängende Kraft gleichartiger Körperteile, oder das Leben in der Natur, welches sonst verlöschen würde, fortzupflanzen.

Diese zusammenhängende Kraft der Teile, der die auflösende, auseinanderstrebende immer entgegen arbeitet, muss immer aufs Neue wieder aufgefrischt werden, um fortzudauern; dies kann aber nur auf dem Fleck geschehen, wo sie sich am stärksten äußert. Da entsteht dann wieder neue Bildung und Form zum Ersatz der aufgehobenen höchsten Vereinigung zweier sich ähnlicher auseinanderbestehenden körperlichen Wesen.

Der auf die Weise neu erweckte Zusammenhangstrieb der Teile ergreift hier den nächsten Stoff, den er bildet, und auch die nächste Form, nach welcher er ihn bildet.

***

Das Wort Zusammenhang ist ein großes Wort, welches einen vollen herrlichen Sinn in sich fasst.

Der Hang eines Dinges irgendwohin ist seine ganze zusammengedrängte Schwerkraft nach irgendeiner Richtung, die sich auch ohne Bewegung äußert. Das zu bezeichnet den Zweck, auf welchen sich das Mannigfaltige hin vereinigt – zusammen nenne ich das, was auf einen gewissen Zweck hin vereinigt ist, und Zusammenhang, nenne ich die innere Natur und Beschaffenheit der Dinge, wodurch sie auf einen Zweck hin vereinigt sind. Das voneinander Abgesonderte hat einen Hang, eine Tendenz, ein Streben, zusammen zu sein.

Diese Tendenz oder dies Streben aber bleibt demungeachtet immer etwas Zwangvolles, welches durch die Fortpflanzung immer aufs Neue wieder erweckt und aufgefrischt werden muss, wenn es fortdauern soll.

Es ist leichter
voneinander als aneinander
lose als fest –
zu sein.

Man könnte sagen, dass es leichter sei, Staub als eine Blume oder Pflanze zu sein, wo jedes Staubteilchen seinen bestimmten angewiesenen Platz einnehmen und behalten muss, wenn die Ordnung und Schönheit des Ganzen nicht zerstört und zerrüttet werden soll.

Das Zusammenhalten ist immer mit Anstrengung, das Loslassen mit Erleichterung verbunden.

Durch das mit Anstrengung verbundene Zusammenhalten soll immer nur ein gewisser Zweck erreicht werden, und wenn dieser Zweck erreicht ist, so kommen alle einzelnen Teile wieder in ihre natürliche, ruhige Lage.

Wenn das Haus gebaut ist, so gehen die Arbeiter wieder auseinander.

Warum soll ich die Erleichterung nicht nutzen, wenn sie sich mir von selber darbietet? Warum soll ich noch immer Materialien zu einem Gebäude hinzutragen, das schon längst mehr als vollendet ist, und durch seine eigene Größe der Einsturz droht.

Es ist endlich einmal Zeit, dies Gebäude zu bewohnen, woran seit Jahrtausenden bloß gebaut und gebessert ist.

Oder, um mich eines anderen Gleichnisses zu bedienen, warum soll ich nicht lieber aus den Trümmern des Schiffbruchs noch retten, was ich kann, da es doch nicht möglich ist, den zerstörten Bau je wieder herzustellen.

Warum nicht diese Kenntnisse, diese Bildung eines Geistes, die ich freilich der Gesellschaft verdanke, warum diese nicht für mich nutzen, ob ich gleich durch dieselbe nicht mehr außer mich wirken kann und mag?

Ach, dies zerrüttete, den Einsturz drohende Gebäude der menschlichen Einrichtungen, wie manchen wird es noch unter seinen Ruinen begraben!

***

Aus diesen Aufsätzen scheint zu erhellen, dass Sonnenberg den Zusammenhang der menschlichen Dinge für zu schlecht und verschoben hielt, als dass ein Mensch von vollkommener Ausbildung des Geistes sich ferner darin verflechten sollte.

Er scheint dies Ganze wie einen Schiffbruch zu betrachten, und sich bei dieser Gelegenheit das Strandrecht zuzueignen.

Indem ich in Sonnenbergs Papieren weiterblättere, welche nach keiner Seitenzahl geordnet sind, sondern aus lauter untereinandergeworfenen Quart- und Oktavblättchen bestehen, so finde ich Folgendes noch hierher gehörige, das vielleicht zu einem späteren Gebrauch an seinen Sohn gerichtet zu sein scheint, und in Ansehung seiner Grundsätze noch mehr Aufschluss gibt. Der Aufsatz, welcher hin und wieder abgebrochen ist, hat die Überschrift:

Leben und Wirksamkeit

Soll das Leben erträglich werden, so muss erst Interesse hineinkommen, ebenso wie in ein Schauspiel, wenn es uns nicht unausstehliche Langeweile machen soll. Interesse erhält es aber allein dadurch, wenn alles Einzelne darin zu einem Ganzen übereinstimmt, und wenn selbst das kleine und unbedeutende Mittel zu irgendeinem großen Zweck wird.

Der Taglöhner kommt über das Bedürfnis eines solchen erhabenen Interesse des Lebens hinweg, indem er genötigt ist, zur Erhaltung seines tierischen Lebens ununterbrochen zu arbeiten, ohne dass er die Zeit oder die Lust hätte, über seinen Zustand nachzudenken.

Wem dies tierische Leben nicht genügt, der kann kein Taglöhner bleiben, sondern arbeitet sich aus dem Staub empor, um über die Tagelöhner zu herrschen.

Gelingt ihm dies nicht, so ist er unglücklich, und das Leben ist ihm eine Last.

Aber was zugleich mit Klugheit und Eifer unternommen wird, gelingt fast immer. Der Eifer muss die Klugheit beseelen, wenn sie sicher leiten soll. Ja, der wahre Eifer zwingt zur Klugheit; je stärker jemand etwas wünscht, desto weniger wird er der dazugehörigen Mittel zu verfehlen suchen.

**

Ein fortdauernder wehmütiger Zustand ziemt einem Mann nicht; nur die Anstrengung, womit er selbst seine Wehmut zu unterdrücken sucht, erregt unser Mitleid.

Eben das ist auch der Fall mit der Freude: man fühlt sich nie ruhig, bis man sich durch einen Gedanken an die Ungewissheit und Vergänglichkeit aller menschlichen Dinge, erst in das ordentliche gewöhnliche Gleis des Lebens wieder zurückgebracht hat. Alsdann ist man auch erst wieder fähig, außer sich zu wirken, und mit Klugheit dabei zu Werke zu gehen.

Wer mit der meisten Resignation auf den Erfolg arbeitet, der arbeitet sicher am besten. Unruhe und Sorgen plagen den, der sich über seine angewandte Mühe ärgern wollte, wenn sie unglücklicher Weise vergeblich sein sollte. Nur der arbeitet sicher und ruhig bei dem größten Plane, der das magna voluisse juvabit mit völliger Resignation von sich sagen kann.

***

Dafür, dass du dich durch mühsame und ungewöhnliche Anstrengung deiner Kräfte über das tierische Leben erhebst, wirst du auf eine oder die andere Weise, die belebende Seele von einem Haufen von Menschen sein, die an sich selbst fast nur Körper sind, und also einer belebenden Seele bedürfen, um den Bewegungen ihres Körpers eine gewisse Richtung zu irgendeinem großen Zweck zu geben.

Auf dein Geheiß wird sich ihr Fuß emporheben, und ihre Hand ausstrecken; dein Wille wird ihr Wille, dein Verstand ihr Verstand sein.

Sie sind nicht unglücklicher als du, aber du fühlst dich glücklicher als sie; sie genießen bloß, weil sie nicht streben wollen; du strebst und genießt.

Dein Herrschen soll aber darin bestehen, dass du die immer besser und weiser machst, die du beherrschst, und sie dir immer mehr gleich zu machen suchst. Darum erhieltest du ein Übermaß von Kräften, damit Leben und Wirksamkeit befördert werden, indem das Stärkere auf das Schwächere drückt, bis beide wieder im Gleichgewicht sind.

Wie das Wasser strebt, in seine Fläche, und die Luft, in ihr Gleichgewicht zu kommen, so wirken die moralischen Kräfte aufeinander, und alles gerät in Bewegung und Tätigkeit.

Stürme brausen, Ströme stürzen sich von Felsen, durchbrechen Dämme, überschwemmen Städte, und wälzen sich dann ruhig wieder in ihren angewiesenen Ufern hin.

Nur der ist unglücklich, der noch nicht in seinem Gleise ist; es sei nun das Gewöhnliche oder Exzentrische.

Der noch hin und her wankt, ob er sich zu der gehorchenden oder befehlenden Partei schlagen soll, weil niederziehende Trägheit und angeborene Kraft sich einander das Gleichgewicht halten. Wehe dem, der sein ganzes Leben hindurch zwischen diesen Klippen kreuzt.

Immerwährender Sturm ist in der Seele dessen, dem die erstickte Flamme im Busen lodert.

Fühlst du ein unüberwindliches Streben nach etwas Großem in dir, so darf ich dir nicht erst sagen, dass du diesem Streben freien Lauf lassen sollst, eben so wenig, wie ich es dem Strome erst erlauben darf, dass er Dämme durchbricht.

***

Es ist eine traurige Sache um ein verstimmtes Leben. Wem ein großer Plan misslungen ist, der versucht es wohl auf alle Weise, dennoch glücklich zu sein; er will gern an den Schönheiten der Natur wieder Geschmack finden, sich an der Morgenröte, dem Gesang der Nachtigall, und dem Hauch des Frühlings wieder ergötzen, aber die Seite will immer nicht anschlagen. Das Interesse ist aus dem Leben, und man weiß nicht mehr, wo man das alles hinbringen soll, was man täglich sieht, hört, tut und denkt.

***

Dein großer Plan sei täglich auf deine innere Vervollkommnung hinzuarbeiten; nicht Glückseligkeit von außen in dich hineinzuzwingen, sondern aus dir selbst um dich her zu verbreiten; so kann es dir nie fehlen; so muss ein immerwährendes Interesse alle deine kleinsten Begebenheiten durchflechten.

Und solltest du denn auch dein ganzes Leben hindurch alleinstehen, und nie in den Zusammenhang der menschlichen Dinge eingreifen können, dürfen oder wollen: so denke das: einen vollkommnen Menschen hervorzubringen, ist an und für sich schon der höchste Endzweck der Natur; mag dieser vollkommene Mensch nun ich selbst, oder ein anderer sein, genug, wenn er nur da ist, dass die vollkommne Natur sich in ihm spiegeln kann.

An ...

Der weise Hirtenknabe ist jetzt fast mein beständiger Gesellschafter, oder vielmehr ich der seinige; denn ich suche ihn mehr, als er mich sucht.

Gestern Abend in der Dämmerung, da wir vom Feld zurückkehrten, wallfahrteten wir noch vorher zu seines Vaters Grab auf dem kleinen Dorfkirchhof.

Er schien erst ganz ungerührt zu sein. Aber indes ich meine Blicke auf dem Boden heftete und mir Tränen in die Augen stiegen, blickte er dahin, wo die Sonne untergegangen war, und eine himmlische Heiterkeit strahlte aus seinem Gesicht. Er sagte, sein Vater habe ihm verboten, auf seinem Grabe zu weinen.

Wir gingen nach Hause; er zu dem alten Schäfer, bei dem er wohnt, durch die niedrige Türe, in seine Schlafkammer; und ich auf meine Stube im zweiten Stock, mit dem einen Fenster nach dem Abend zu.

Hier stand ich noch eine Weile am Fenster, und sah die Reihe von Hütten an, die hier nebeneinander stehen, mit den Torwegen vor den einzelnen Bauernhöfen, und dann die kleinen niedrigen Fenster in den Leimwänden, und hie und da noch ein Licht, das einsam in der Dunkelheit schimmerte; und wo nun so ein Licht schimmerte, da dachte ich mir die Menschen, die da wohnten, etwa noch um den Tisch sitzend, und redend von den Geschäften des Tages, und was sie nun Morgen vornehmen wollen; und dachte mir, wie nun die Menschen, die da in irgendeinem solchen Stübchen zusammenwohnen, alles Übrige um sich her vergessen, und gar keinen Sinn weiter haben, als für dies Stübchen, das sie bewohnen, und das Feld, das sie bebauen, und für die nächste Stadt, in welcher sie ihre Produkte zu Markte bringen.

Wie sie die Last eines jeden Tages tragen, ohne jemals über das Ganze des Lebens nachzudenken, dessen drückende Bürde, sie eben deswegen weniger fühlen, weil sie ihnen nicht auf einmal, sondern nur tageweise aufgelegt wird. Wie sich alle ihre Begriffe stets in der Sphäre ihrer notwendigsten Bedürfnisse herumdrehen; wie kein Gedanke an die Zukunft sie beunruhigt, und kein nagender Zweifel ihre Seele quält.

Bin ich mir denn noch immer lieber mit alle der Unruhe, allen den Sorgen, und nagenden Zweifeln, die mir mein Nachdenken macht, und gemacht hat, als ich mir mit jener Einschränkung der Begriffe sein würde, wobei man so unbemerkt von einem Tag zum anderen, wie von einer Mühe zur anderen, durchs Leben hingeschoben wird, und ehe man sichs versieht, auch von der täglichen Sorg' und Unruhe befreit ist.

Denn auf tägliche Sorg' und Unruhe läuft denn doch auch das ganze Leben des Landmannes hinaus.

O die Einschränkung des Denkens ist so süß, das weiß ich noch aus den allerfrühsten Jahren meiner Kindheit, da ich noch auf meiner Mutter Arm, in ihren Mantel gehüllt, getragen ward – wie ich mich damals aus Furcht vor der weiten Welt um mich her, immer dichter an sie schmiegte, und in dieser seeligen Nähe das fürchterliche Weite vergaß.

Weite, die man nicht ausfüllen kann, erweckt Furcht und Grausen. Der Gedanke eines unendlichen Raums ist ein schrecklicher Gedanke für den eingeschränkten menschlichen Geist, eben so wie der Gedanke einer unendlichen Zeit und Zahl.

Das große Ganze ist nicht für uns, wir müssen nur ein Stück aus dem Ganzen herausnehmen, und es für uns zum Ganzen machen, wenn wir uns glücklich fühlen wollen.

Aber warum arbeiten sich denn diese Gedanken immer wieder in mir empor, die mich jener seligen Einschränkung, jenem glücklichen, rund umher mit Bergen umgebenen Eiland entreißen, und mich immer wieder auf das weite, ungestüme Meer führen, wo ich ohne Steuer und Kompass auf einem leichten Brett umhertreibe.

Bin ich denn aus einem natürlichen zu einem unnatürlichen Zustand übergegangen?

Bin ich das? Wo war denn der eigentliche Punkt dieses Überganges, wo wich ich zum ersten Mal von der Natur ab? Und welches war der Moment, wo ich von der verbotenen Frucht der mir verderblichen Erkenntnis zuerst kostete?

Sind die Menschen von der Natur abgewichen; wann sind sie denn davon abgewichen? Als sie Häuser oder als sie Schiffe erbauten; als sie die Schrift oder als sie die Malerei und Musik erfanden? Wo waren die Grenzen ihrer Bestrebungen von der Natur gesetzt?

Recht und gut, kann ich doch unmöglich das alles heißen, was unter den Menschen vorgeht. Da nun allen übrigen Dingen die Natur eine Norm, ein Gleis vorgeschrieben hat, woraus sie nicht weichen dürfen, warum hat sie denn dem Menschen nicht auch eine solche Norm, ein solches Gleis vorgeschrieben, aus welchen er zwar weichen kann, aber doch lebhaft empfindet, dass er eigentlich nicht daraus weichen sollte?

Warum empfand der, welcher das erste Eisen schmiedete, das einst Menschen töten sollte, nicht einen geheimen Schauder, der ihn warnte, dies gefährliche Werkzeug zu vollenden?

Können wohl die Erfindungen des menschlichen Geschlechts, die zu seinem eignen Verderben gereichen, ihm zur Last gelegt werden, gleichsam als wenn es sich zusammengenommen beredet hätte, diese Erfindungen zu machen? Die Erfindungen sind unschuldig, denn sie sind von Einzelnen, welche keinen Überblick des Ganzen hatten, und ihrem Tätigkeitstrieb folgten.

Allein hier ist wieder die Frage: wie weit sollten sie ihrem Tätigkeitstrieb folgen? Gab es bei diesen einzelnen Menschen, die Erfinder waren, nie Grenzen ihrer Bestrebungen, die sie nach einem gewissen natürlichen Gefühl nicht hätten überschreiten sollen?

Sobald das Eisen geschmiedet war, konnte es zum Pflugschar oder zum Schwert gebraucht werden.

Das was zugleich nützlich und schädlich sein konnte, war nun da.

Vorher fand keine Wahl statt; jetzt musste der Mensch zwischen dem Guten und Bösen, zwischen dem rechten und unrechten Gebrauch des einmal Erfundenen wählen, und er bestand nicht in der Probe.

Nachts um ein Uhr

Schlummere sanft, guter Knabe, der du so glücklich, von der Hand deines Vaters, noch nach seinem Tod, geleitet, vor jener Klippe vorbeischiffst, an der dein Freund gescheitert ist.

Ist denn das nun das wirkliche Leben, dass ich hier bei dieser Lampe zwischen den vier Wänden sitze, da mein Bett steht, und hier am Fenster ein kleines Tischchen, an dem ich schreibe? Und dass bei Tag in diesem Dörfchen um mich her, alles so gewöhnlich und alltäglich ist, ausgenommen der Hirtenknabe und sein verstorbener Vater. Diese beide versetzen mich aus der wirklichen Welt, so oft ich an sie denke. Diese scheinen mir in sterbliche Körper gehüllte, auf Erden wandelnde höhere Wesen zu sein, die auf alles um sie her einen wunderbaren Schimmer werfen, und diese alltägliche Welt in eine romantische, bezauberte Gegend verwandeln, auf dem Flecke, wo sie weilen.

Es sind Vereinzelungen des allgemeinen Weltgeistes in Menschenkörpern, welche vielleicht in großer Anzahl, ohne dergleichen erhabene Einwohner umherwandeln.

Vielleicht ist der Menschenkörper unter allen übrigen Körpern nur der Fähigste, um einen für sich bestehenden immerdauernden Geist zu gebären, der in ihm die Kräfte zu seiner Fortdauer sammlete, ohne dass deswegen gerade jeder Menschenkörper einen solchen Geist gebiert.

Wie manchen Kopf scheint es zu geben, durch welchen die zuströmenden Gedanken bloß durchgehen, ohne sich im Inneren desselben zu einem zusammenhängenden Ganzen zu bilden.

Zu der Geburt eines bleibenden, unzerstörbaren Geistes, gehört notwendig eine innere Konsistenz und Festigkeit der Gedanken, ein unerschütterliches auf innere feste Persönlichkeit sich gründendes Selbstbewusstsein; wo dieses fehlt, da findet nicht einmal der Wunsch der persönlichen Fortdauer statt.

Sollte sie, die mich geboren,
In der Wesen Zahl verloren,
Nirgends mehr vorhanden sein?
Ganz verschwunden? Ach versanken
Auch im Grabe die Gedanken
Die der Ewigkeit sich freun?

Dass ich festen Fuß gewinne,
Sinn ich immerfort und sinne,
So wie du im Leben sannst –
Traurig sitz' ich hier und weine,
Meine Mutter, ach erscheine
Deinem Sohne, wenn du kannst!

Ach wenn du den Vater bätest – –
Doch was will ich? – Wenn du tätest
Was mein trunkner Wahnsinn heischt;
Tätest du's – ich wüsste nimmer
Ob nicht dennoch leerer Schimmer
Meine Phantasie getäuscht.

Das Edle kann nicht gemein, und das Gemeine kann nicht edel sein? Ach, und doch ist des Gemeinen so viel, so viel, und des Edlen so wenig, dass der Zufall mich weit leichter unter die Zahl des Gemeinen, als des Edlen versetzen konnte. Hier ist und bleibt ewig der schreckliche Stein des Anstoßes.

Was hat das Gemeine, das Unedle verschuldet, dass es gemein und unedel sein muss?

Wie kann ich mich der Vorzüge freuen, die unzähligen meiner Mitmenschen geraubt sind? Eher kann ich mich des Gewinnes im Lotto freuen. Denn jeder begab sich hier doch freiwillig seiner gleichen Rechte auf den Besitz eines Vermögens, das einem anderen der Zufall zuwirft.

Aber wer hat vor seiner Geburt mit dem Schicksal einen Vertrag gemacht? Ist etwas ungezweifelt Zufall, so ist es die Geburt, und der Zusammenhang der Dinge, in welchen der Mensch dadurch versetzt wird. Das Schicksal der meisten Menschen ist schon gemacht, ehe sie geboren sind.

Und was hat uns anderes zu Sklaven des Zufalls erniedrigt, als die menschlichen Einrichtungen selbst, wodurch eine Generation der anderen Fesseln anlegt, die immer härter werden, je näher sich die Menschen aneinander schließen.

Ist nicht die, unbeschadet ihrer Fortdauer und Fortpflanzung, höchstmögliche Vereinzelung der Menschen, vielleicht der einzige Zustand, worin sie noch glücklich sein könnten?

Und doch, würde ich, wenn die Menschen in dem Zustand geblieben wären, in diesem Augenblick über Glückseligkeit denken und schreiben können?

Ich dürfte dann, weder darüber denken, noch schreiben; denn, was ich suchte, wäre schon da; es böte sich mir von selber in jedem Augenblick meines Lebens dar; es wäre mit meiner Natur verwebt.

Was ist denn nun wahre Glückseligkeit: über die Glückseligkeit denken zu können, weil man sie einmal verloren, und mit der Unglückseligkeit verglichen hat? Oder die Glückseligkeit bloß zu genießen, ohne darüber denken zu können?

Ist der ungetrübte Genuss so viel wert, dass ich darüber auf das Denken gern Verzicht tue, oder ist das Denken so viel wert, dass ich darüber auf den ungetrübten Genuss Verzicht tue?

Wenn ich einmal gedacht habe, so kann ich mich nie wieder in den Zustand des Nichtdenkens versetzen.

Ich muss mir also nun schon aus der Not eine Tugend machen, und dies Denken selbst zum Ersatz für die mir nun erst fühlbar gewordene Entbehrung des Gedachten annehmen.

Aus Miltons verlornem Paradiese

In einer bösen Stunde, o Eva, gabst du jenem falschen Wurm Gehör, der abgerichtet war, es sei von wem es wolle, des Menschen Stimme nachzubilden, nur wahr, was unseren Fall, und falsch, was die versprochene Erhöhung unseres Wesens anbetrifft. Da wir nun unsere Augen in der Tat eröffnet finden, und finden, dass wir Gutes und Böses unterscheiden können, das Gute nämlich, welches wir verloren, und das Böse, welches uns stattdessen zu Teil geworden ist. – Schlimme Frucht des Wissens, wenn unsere Nacktheit uns dadurch nur sichtbar wird, wenn es von Ehr' und Treue, Reinigkeit und Unschuld uns entblößt, die unsere sonst gewohnte Zierde war, und nun befleckt und voller Schmutz ist, indem in unserem Angesicht die Zeichen der strafbaren Begierde sichtbar werden, aus welcher alles Bös' entspringt; ja selbst die Scham, der volle Schluss des Bösen, ist schon an uns sichtbar; zweifle also länger nicht an dem, was vor der Scham vorhergeht. Wie soll ich nun hinfort das Antlitz Gottes oder irgendeines Engels schauen, das ich so oft mit Freude sonst und mit Entzücken sah. Diese himmlischen Gestalten werden diese irdische nun ganz mit ihrem unerträglich hellen Glanz verdunkeln. O könnt' ich hier in wilder Einsamkeit, in irgendeiner dunklen Grotte leben, wo die höchsten Wälder, dem Stern und Sonnenlicht undurchdringlich, ihre Schatten, wie der braune Abend, weit umher verbreiten: Bedeckt mich, ihr Fichten; ihr Zedern mit unzähligen Zweigen hüllt mich ein, wo ich die Sonne und die Sterne nie wieder sehe! – Aber lass uns jetzt, o Eva, einen Rat ersinnen, da wir nun einmal so verwickelt sind, wie wir für jetzt am besten diese Teile voreinander bergen, die der Scham am meisten ausgesetzt, sich uns am unscheinbarsten zeigen. Irgendein Baum, dessen breite, glatte Blätter wir um unsere Lenden gürten, mag denn diese mittleren Teile rundumher bedecken, damit der neue Gast, die Scham, dort nicht mehr sitze, und uns als unrein schelte!

***

Welches ist denn nun die verbotene Frucht, von welcher wir gekostet, und die Erkenntnis des Guten und Bösen dadurch erlangt haben?

Sind es die Künste und Wissenschaften? Ist es der Handel, ist es der Ackerbau? Sind dies Abweichungen von der Natur, die sich durch sich selbst bestrafen? Oder sind diese Abweichungen eben so natürlich, wie die Natur selbst.

Wenn sie es sind, warum ist denn in allen menschlichen Einrichtungen so viel Schiefes und Verkehrtes?

Warum ist in die menschlichen Einrichtungen wirkliches Elend verwebt?

Ist es denn dem freien Willen des Menschen möglich, in dieser schönen Schöpfung Gottes etwas zu verderben, so ist er ja wirklich Gott gleich, so lässt sich ja wirkliche Empörung der Geschöpfe gegen den Schöpfer, der endlichen Wirkung gegen die unendliche Ursache denken? Oder vielmehr die Ursache ist denn selbst nicht mehr unendlich, weil sie durch ihre eigenen Wirkungen wiederum eingeschränkt wird.

Oder ist die Freiheit der endlichen Wesen nur anscheinend? So wäre denn dies wunderbare Ganze eine aufgezogene Uhr, die von selber abläuft, und Krieg, Unterdrückung und alle die misstönenden Zusammenstimmungen der menschlichen Verhältnisse, woraus das wirkliche Elend erwächst, wären also dem Schöpfer ein wohlgefälliges Spiel.

Und was wäre das für ein Schöpfer? Wer bebt nicht mit Schaudern vor diesem Abgrund zurück!

Morgens, den * *

O Nacht, was brütest du für Gedanken aus! In welche ängstlichen Zweifel hast du mich wieder versinken lassen, weil ich nicht dem Ruf der Natur folgte, und nicht die erquickende Ruhe genoss, da ich sie hätte genießen sollen. Dadurch bin ich eben abgewichen, und das ist die Abweichung, welche sich selbst bestraft hat. Mein Denken soll mit der Natur harmonisch sein, wie mein ganzes Leben.

Wenn die Natur um mich her wieder in Tätigkeit ist, so soll auch das innere Spiel meiner Ideen aufs Neue wieder erwachen, um einen reinen hellen Ton von sich zu geben, und in das große Konzert der tätigen Schöpfung mit einzustimmen.

Den Aufgang der Sonne hab' ich wiederum verschlafen: so folgt eine Abweichung nach der anderen.

Mein Hirtenknabe hat schon längst den Sonnenberg bestiegen und dort nach seines Vaters Geist geblickt.

Soll dieser Hirtenknabe denn nun in diesem Dorf vollends aufwachsen, alt werden und endlich hier begraben werden? Soll er stets den Himmel und die Flur betrachten und – Schafe weiden?

Noch kann ich das Geheimnis seines Erdenlebens nicht verstehen. Dass ein solcher Vater einen solchen Sohn erzog – um Schafe zu weiden. Aber freilich ist das Weiden der Schafe das Allerunschuldigste Geschäft eines Sterblichen: So dass auch die Dichtkunst hier ihren Stoff hernehmen musste, da sie vollkommen glückliche, zufriedene und unschuldige Menschen schildern wollte.

Aber freilich, wenn alle Menschen Schafe gehütet hatten, so wären sie zwar an sich wohl ganz glücklich gewesen. Aber was wäre denn aus unserer Geschichte geworden? Wo hätten wir von Schlachten zu Land und zur See, von eroberten Städten, von Feldherrntugenden, von Heldenmut und Tapferkeit, von Bündnissen und Staatsverfassungen zu hören und zu lesen bekommen?

Dieser Welt von Ereignissen, die nun auf dem Schauplatz und in der Geschichte eine so angenehme Wirkung auf unsere Einbildungskraft tut, wären wir dann verlustig gegangen.

Wo hätte dann der Stoff zu einer Iliade, zu einer Äneide herkommen sollen?

Armselige Welt, die dann geblieben wäre,

Ohne Schwert und Helm,
Ohne Schlachten,
Ohne Kriegsrüstungen,
Ohne Blutvergießen,
Ohne Trauerspiele,
Ohne Geschütz und Bomben,
Ohne Schanz' und Bollwerk,
Ohne stehende Kriegsmacht,
Ohne Könige, ohne Fürsten!

Wahrlich um so viele große und majestätische Dinge, sich zusammenzudenken, lohnt es sich doch wohl noch der Mühe, unglücklich zu sein. Alle diese großen Dinge müssen ja doch einen Zweck haben.

Was wären denn die Bomben, wenn keine Glieder dadurch zerschmettert, und die Schwerter, wenn nicht Menschen dadurch getötet würden? Das veredelt ja eben die Werkzeuge der Zerstörung, dass sie das Edelste auf Erden in solcher Menge vernichten und zerstören. Wenn Tausende an einem Tag vor dem

Schwertstreich fallen, das ist doch etwas Großes. Und das Große wollen wir ja; unsere Seele will ja erweitert sein, unsere Einbildungskraft will viel umspannen.

Wenn also dieser Zweck nur erreicht wird, so mag darüber zu Grunde gehen, was da wolle; das Zugrundegehen ist eben so etwas Tragisches, die Seele Erschütterndes, dessen Anblick wir uns sehr gerne gefallen lassen, sobald es nur uns selber nicht mit betrifft.

Wir alle sind im Grunde unseres Herzens kleine Neronen, denen der Anblick eines brennenden Roms, das Geschrei der Fliehenden, das Gewimmer der Säuglinge gar nicht übel behagen würde, wenn es so, als ein Schauspiel, vor unseren Blicken sich darstellte.

Den Zweck haben wir also erreicht: unsere Gedanken sind erweitert; wir sind den Göttern gleich geworden; aber unsere neuen Ideen haben wir uns nicht sowohl durch Bauen, als durch Zerstören geschaffen. Da wir nicht Schöpfer werden konnten, um Gott gleich zu sein, wurden wir Vernichter; wir schufen rückwärts, da wir nicht vorwärts schaffen konnten. Wir schufen uns eine Welt der Zerstörung, und betrachteten nun in der Geschichte, im Trauerspiel und in Gedichten unser Werk mit Wohlgefallen.

Denn da allein kann es noch überblickt und mit Wohlgefallen betrachtet werden. In der Wirklichkeit, oder in dem wirklichen Entstehen, beschäftigt es so viele Hände, und so viele Gedanken im Kleinen, dass das eigentliche Große gar nicht mehr in Betracht kommen kann. Das Große schafft sich erst nachher die zusammenfassende Phantasie.

Das ist nun die phantastische Größe, des Gott gleich sein wollen, wonach wir streben. Um uns ein eingebildetes Gut zu schaffen, unterziehen wir uns wirklichen Übeln. So eine gebaute Stadt mit ihren Türmen und Palästen ist doch schön, wenn sie nun da steht; so etwas fällt doch gut ins Auge. Ach, das übertünchte Grab, mit seinen vergoldeten Leichensteinen! Inwendig nagen der Neid, die Habsucht, die quälende Unzufriedenheit, die um sich fressende Vergleichungssucht, an den verwesendem Leichnam des entseelten Menschenglücks.

Verpestete Kerker, Zuchthäuser, Behausungen des Elends, mit Totengerippen und Unsinn erfüllte Tempel, mühevolle Werkstätte, wo täglich das Rad des Irion aus- und niedergewälzt wird! Sammelplätze unsinniger Vergnügungen, um von unsinnigen Arbeiten auszuruhen! Freistätte viehischer Wollust! Fürchterliche Glücksräder, die den Lohn der Mühe verschlingen, und ihn wieder aus ihren Rachen speien, um die Faulheit zu krönen, und des Fleißes zu spotten.

Und vor allen jenes fürchterliche Glücksrad, das sich unaufhörlich dreht; aus welchem ein jeder schon bei der Geburt sein Los zieht, das ihn entweder zur Eins bei der Null, oder zur Null bei der Eins bestimmt. Wenige gibt es hier der Gewinne, und der Verluste Unzählige; damit – o des Wahnsinns! – der Gewinn, der auf einen Einzigen fällt, desto größer sei. Tausende wollen Sklaven sein, damit nur einer herrsche.

Und was ist denn nun das am Ende für ein herrliches Werk, was uns durch alle diese Aufopferungen entstanden ist? Wo duftet denn nun die Blume, die aus diesem unreinen Schutt emporsprießt? Ist es der Gedanke, den ich denke?

O dieser Gedanke ist mit Bitterkeit erfüllt: er ist eine wurmstichige Frucht von dem einladenden Baum im Garten.

Und doch ist der gegenwärtige Gedanke mein Alles in diesem Augenblick. Er ist in diesem Augenblick der Schlussstein des Ganzen, das mich umgibt; das Resultat meiner ganzen vorhergehenden Existenz; der

Zweck, die Vollendung meines Daseins, wenn ich in diesem Augenblick aufhörte zu sein. Und dieser Gedanke ist selbst unvollendet; ein schwebender Zweifel; eine ewige Frage, die keinen Ruhepunkt findet, zu dem sie sich heruntersenken kann.

Und mit dem schwebenden, unvollendeten Gedanken sollt' ich aufhören zu sein? Und das wäre also der letzte Zweck, die höchste Vollendung der mich umgebenden Welt in mir?

***

Wenn in grauem Nebel
Bei des Tages Anbruch
Noch die Hügel dämmern
Klimm' ich schon die Felsen-
Wand hinauf und blicke
Seufzend in die Ferne –
Ob nicht in der Ferne
Ob nicht in der Nähe
Mir die Rose lächelt?
Aber ach, vergebens
Irren meine Blicke
Über Tal und Hügel:
Denn sie ist verschwunden
Ach, sie ist verschwunden
Die geliebte Rose –
In den Purpurstreifen,
Die den Osten färben
Scheint sie noch zu schweben;
An dem Wolkensaume,
Welcher golden flimmert.
Scheint sie noch zu beben. –
Aber ach zu ferne
Ist sie meinen Händen

Um sie abzupflücken
Und wollt' ich sie pflücken,
Würd' ihr Dorn mich tödlich,
Tödlich mich verwunden.

Ich finde mehrere dergleichen Verschen in Sonnenbergs Tagebuch, worin er auf eine geheimnisvolle Art nach einer verloren gegangenen Rose schmachtet. Was er sich darunter gedacht haben mag, kann ich bis jetzt aus dem Zusammenhang seiner Gedanken noch nicht begreifen. Ich denke es aber doch noch herauszubringen, weil es mir nicht wahrscheinlich ist, dass er irgendetwas sollte niedergeschrieben haben, ohne etwas dabei gedacht zu haben. So sonderbar seine Gedanken von der Vergangenheit in dem folgenden Aufsatz sind, so etwas Herzerhebendes und Tröstendes schienen sie mir doch zu haben.

Gegenwart und Vergangenheit

Wenn ich eine Stadt besehen will, und befinde mich unten an der Erde, so muss ich eine Straße nach der anderen durchgehen, und es abwarten, bis sich mir nach und nach, durch Hilfe meines Gedächtnisses, die Vorstellung von der ganzen Stadt darbietet.

Stehe ich aber auf einem Turm, von dem ich die Übersicht der ganzen Stadt habe, so sehe ich nun dasjenige auf einmal und nebeneinander, was ich vorher nacheinander sehen musste.

Wir sagen, eine Straße folgt auf die andere; und dieser Ausdruck ist selbst ein Beweis von unserer Täuschung, indem wir die Folge unserer Vorstellungen von den Straßen, mit den Straßen selbst verwechseln.

Was wir die Folge der Dinge nennen, ist also vielleicht bloß die Folge unserer Vorstellungen von diesen

Dingen. Aber die Folge in diesen Vorstellungen selber muss denn doch wohl wirklich sein?

Vielleicht auch nur für einen eingeschränkten Geist, der sie eine nach der anderen hat, aber wohl nicht für ein höheres Wesen, das auch alle diese Vorstellungen schon nebeneinander sieht.

Unser künftiger Zustand in jedem Augenblick unseres Lebens wäre also wirklich schon da, und unsere Vorstellung, welche denselben umfasst, und zu demselben ganz unentbehrlich ist, müsste also auch schon da sein, das ist sie aber nicht, folglich scheint jene Behauptung ein Widerspruch zu sein.

Wollten wir sagen, die Vorstellung von unserem jedesmaligen künftigen Zustand ist schon in dem göttlichen Verstand da; so ist dieses doch nicht unsere Vorstellung, weil wir sie noch nicht gehabt haben.

Insofern also die Vorstellungen von unserem künftigen Zustand unsere Vorstellungen sind, findet doch immer eine Folge in denselben statt, oder unser eigenes bleibendes Dasein müsste auch nur anscheinend sein.

Und wie kann die Bewegung ohne Widerspruch, als etwas nebeneinander Bestehendes und nicht aufeinander Folgendes gedacht werden? Wie kann der Mann, welcher jetzt noch hier steht, auch in diesem Augenblick schon eine Meile weit entfernt sein? Wie kann auch der allumfassendste Verstand mein Hierstehen und Dastehen nebeneinander stellen?

Wo ich gestanden habe, da stehe ich doch jetzt nicht mehr, und wo ich künftig stehen werde, da stehe ich jetzt noch nicht. Ein neuer, oder wenn man will, derselbe Widerspruch.

Was ließe sich hierauf antworten? Wenn ich ein Feuerrad mache oder einen Funken schnell umherdrehe, so scheint er mir da zu sein, wo er doch noch nicht ist, und scheint noch da zu sein, wo er doch nicht mehr ist, anstatt eines Punktes bemerkt mein Auge einen Zirkel, welcher stillzustehen scheint, da doch die Bewegung sehr schnell ist. Dieses scheint offenbar eine Täuschung unseres Gesichts, eine unvollkommene Vorstellung zu sein.

Wie, wenn es umgekehrt wäre, wenn unser Gedächtnis oder das zurückbleibende Bild von dem Funken, vielleicht der eingeschränkten Sehkraft unserer Augen zu Hilfe gekommen wäre, so dass wir sagen müssten: ich erblicke den Funken nun wirklich da, wo er sonst noch nicht zu sein scheint?

Wie, wenn wir uns hier, auf einige Augenblicke, dasjenige, was nur aufeinander zu folgen schien, wirklich als nebeneinander vorgestellt, und gleichsam im Kleinen einmal das Gegenwärtige, Vergangene und Zukünftige mit einem Blick umfasst hätten?

Nach dieser Bemerkung müsste sich alles, was wir uns als einen sich fortbewegenden Punkt gedenken, in dem göttlicheren Verstand, wie ein Zirkel darstellen. Wenn sich ein Rad schnell herumdreht, so macht jeder hervorragende, rauhe Punkt einen Zirkel, und das Ganze bekommt dadurch ein schönes, ebenes und wohlgeordnetes Ansehen.

Ein Mann steht unter einem Baum, er geht weg; in meiner Seele aber bleibt noch das Bild von dem Mann, der unter dem Baum stand zurück. Der Funke im Feuerrad bewegt sich fort, an dem Ort aber, wo er selbst nicht mehr ist, ersetzt sein Bild in meiner Seele seine Stelle. Wenn ich mir den Mann zugleich unterm Baum, und in seinem Haus wirklich vorstellen wollte, so müsste der Baum und sein Haus eins sein. Das Bild des Unterbaumstehens aber liegt noch immer in der Seele, wenn auch der Mann schon wieder in seinem Haus ist. Das Unterbaumstehen war vorher eben so wirklich, als jetzt das Zuhausesein ist; aber ich kann mir doch unmöglich beides zugleich und auf einmal als wirklich denken.

In dem vollkommensten Verstand aber muss beides wirklich nebeneinander bestehen, und nicht eines auf das andere folgen, weil sich dieser vollkommenste Verstand alles auf einmal und nebeneinander bestehend vorstellen muss, wenn es anders einen vollkommensten Verstand gibt.

Von den Bewegungen des Menschen wissen wir weiter nichts gewiss, als dass es Veränderungen seiner Vorstellungen sind.

Nun liegen aber alle Vorstellungen, die der Mensch haben soll, in dem göttlichen Verstand schon nebeneinander da, und der Mensch muss sie nur eine nach der anderen durchgehen, und selbst diese jedesmaligen Durchgänge sind in dem göttlichen Verstand schon alle nebeneinander da.

Bei Gott ist das Vergangene noch eben so wirklich, als das Gegenwärtige. Bei uns bleibt, beim Anschauen des Gegenwärtigen, doch das Bild vom Vergangenen noch zurück. Das macht uns ihm ähnlich.

In ihm steht das ganze Leben des Menschen ewig, wie ein Gemälde nebeneinander da, worin Licht und Schatten auf das Herrlichste vermischt sind, der Mensch aber muss es erst durchleben, ehe er dies einsehen kann.

Und gibt es denn wirklich einen solchen vollkommensten Verstand?

O dann freut sich der erste Mensch in ihm noch seines Daseins, atmet noch immer paradiesische Luft ein, und freut sich seiner reizenden Gehilfin; in ihm verscherzt er noch jetzt sein Glück, und baut mit Mühe den Acker; aber in ihm ist auch sein verklärter Körper schon wieder aus der Verwesung hervorgegangen, und glänzt in ewiger Glorie!

Welch ein unbegreifliches Gemälde, Kindheit, Jugend, Alter, Tod, Verwesung, Wiederhervorgehen aus dem Grabe, das alles, wie Licht und Schatten nebeneinander gestellt, mit einem Blick zu umfassen, welch ein wunderbar tröstender Gedanke!

Ach, also ist das Vergangene nicht vergangen; so ist alles noch so da, wie es war von Anbeginn, aufbewahrt in den allumfassenden Gedanken des Ewigen?

Wie es mich manchmal kränkte, wenn ich, beim Vergehen eines Dinges dachte: mit dem ist's nun ganz vorbei, das ist nun auf ewig dahin!

Drum will ich nicht klagen, dass jener Tag mir entflohen ist, an dem ich die ganze Fülle meines Daseins genoss, wie ich sie auf Erden vielleicht nicht wieder genießen werde.

Dieser Tag dämmert auch jetzt am Horizont, und ich weiß, dass ich ihn wieder finden werde, wenn mein Gedanke sich dereinst in dem einzigen großen Gedanken Gottes verlieren wird.

Ich will nicht klagen, dass mein Freund im Staub vermodert.

Er blüht noch in seiner schönsten Jugend. Die unschuldsvollen Jahre seiner Kindheit sind noch nicht verflossen. Ob er gleich jetzt im Staub zu verwesen scheint.

Ich bin nur grade in solchem Verhältnis gegen ihn, dass ich den gegenwärtigen Punkt seiner Veränderung, Verwesung im Grab, nur bemerken kann; das Verhältnis aber des Ewigen gegen ihn ist so, dass sein Verwesen im Grab, und das Aufblühen seiner ersten Jugend, in diesem Augenblick, zugleich vor ihm dasteht, und dass vielleicht in eben diesen Augenblick sein verklärter Körper aus der Verwesung hervorgeht.

Wo unser Verhältnis aufhört, das scheint uns vergangen zu sein. Wir täuschen uns.

Vielleicht wird auch uns einmal die Wonne gewährt, unser ganzes aufeinanderfolgendes Dasein nebeneinander zu sehen.

Vielleicht hört auch bei uns einmal, obgleich im eingeschränkten Maße, die Folge auf, so dass auch wir alles, was wir sind, auf einmal sind, und unsere Ewigkeit zur immerwährenden Gegenwart wird.

Gott hat einen unendlich vollkommeneren Begriff von uns, als wir selber haben.

Je mehr wir uns mit ihm vereinigen, desto tiefere Blicke werden wir in uns selber tun.

Und da wir uns dieses vollkommenste jetzt wenigstens schon denken können, sollte es denn wohl unwahrscheinlich sein, dass wir dereinst genauer mit ihm vereinigt werden?

Und würden wir wohl etwas verlieren, wenn wir in diesem Fall auch unser Selbst aufopfern müssten?

***

Indem ich unter Sonnenbergs Papieren umherblättere, finde ich Freimaurerreden und Predigten; eine Freimaurerrede, die er bei einer Gesellenaufnahme gehalten hat, und wovon das Manuskript schon sehr alt zu sein scheint, teile ich hier mit:

***

Eine Gesellenaufnahme in unseren Orden, meine Brüder, hat für mich allemal, so wie gewiss für einen jeden unter uns, sehr etwas Rührendes und Herzerhebendes.

Welch ein schönes Symbol des immertätigen aber zugleich mit Gefahren umringten Lebens, sind diese Reisen mit dem auf die Brust gekehrten tödlichen Stahl, der aber vor dem, der mutig fortschreitet, wie Nebel zurückweicht, indes dem Wanderer jene Musik aus der Ferne entgegentönt, die seinen sinkendem Mut belebt, und ihn aufs Neue anspornt, nicht eher zu ruhen, bis er das Ziel erreicht hat.

Dem reifer gewordenen sind nun die Augen eröffnet, er sieht nun die Gefahren, die ihm drohen, keine wohltätige Binde umhüllt nunmehr, wie vormals, seinen Blick.

Darum bedarf er jetzt eines tröstenden Zuspruchs mehr, wie sonst, und sein Ohr ist zugleich eröffnet, den aufmunternden Gesang zu hören, der ehemals für ihn schwieg, und es wächst mit der Gefahr sein Mut.

Doch, m. Br., wir wollen nicht Bilder durch Bilder aufzuklären suchen! Lasst uns eilen, aus der Region der Phantasie in das Gebiet der ruhigen kalten Vernunft herabzusteigen, damit auch wir desto sicherere Schritte tun. Lasst uns die einfache Frage beantworten:

Was heißt ein Freimaurerlehrling, ein Freimaurergeselle? Was heißt ein Freimaurer überhaupt?

Ein freier Maurer heißt eigentlich ein freier Mensch. Maurer aber sagt mehr; es bedeutet einen tätigen, unternehmenden Menschen, der etwas baut, das heißt, etwas mit Zweck und Absicht unternimmt.

Wer nicht auf eine vernünftige Weise tätig ist, der braucht auch nicht frei zu sein. Der untätige Mensch sei sein ganzes Leben hindurch in einem Kerker eingesperrt – die Welt wird nichts dabei verlieren. Der Maurer soll noch mehr, als bloß mit Zweck und Absicht, tätig sein – denn wer ist das nicht.

So lange wir bei Vernunft sind, haben wir immer einen gewissen Zweck und Absicht bei allem, was wir unternehmen. Nur schade, dass wir sooft dieser Zweck selber sind. Ein Maurer baut ja nicht für sich allein, indes sein Nachbar ohne Obdach Frost und Regen ausgesetzt ist – auch baut er nicht bloß für die Zeit, worin er lebe;

sondern seine festen Mauern sollen noch lange nach seinem Tode, dem Einwohner ein süßer Schutz, den Gast und den Fremdling eine willkomme Herberge sein.

Die Maurerei auf die Weltverbrüder oder Gebrüder nicht einmal als Bild, sondern an und für sich selbst betrachtet, ist auf die Weise schon eine der größten, gemeinnützigsten und edelsten Unternehmungen des menschlichen Geistes.

Als Bild betrachtet aber ist sie das schicklichste Symbol, um eine große, edle, uneigennützige Tätigkeit zu begehen, wobei wir nicht uns selber zum Mittelpunkt machen, sondern außer uns ins Ganze wirken – und nur eine solche Tätigkeit ist es, die freie Spielrade haben muss.

Also ein mit Zweck und Absicht uneigennützig tätiger Mensch, der bei seinen Unternehmungen so wenig wie möglich eingeschränkt ist – ist ein Freimaurer.

Diese Tätigkeit ist eine edle Tätigkeit, edel war nur dasjenige, was nicht gemein ist, wie z. B. ein Edelgestein – nun sind aber eigennützige Unternehmungen einmal gemeiner, als uneigennützige, weil sie so viele Anstrengung erfordern, ja man hält sie sogar der menschlichen Klugheit gemäßer.

Zum uneigennützigen Handeln gehört also Übung, welche bei dem Freimaurerlehrling vorzüglich stattfinden muss, so dass er, wenn er in den Gesellengrad tritt, schon einige Fertigkeit darin erhalten hat.

Und wer sich solcher Handlungen nicht bewusst wäre, und vielleicht nicht einmal den Gedanken gehabt hätte, etwas zu tun, wovon der Nutzen nicht auf ihn zurückfiele, und wobei er gewissermaßen seinen eigenen Vorteil aufopfern musste, der verdiente auch sicher den Namen eines Freimaurers nicht.

Wodurch werden aber nun diese edlen und uneigennützigen Bestrebungen anders eingeschränkt, als durch die Furcht? Daher schienen auch alle Symbole vorzüglich mit darauf abzuzwecken, wie ein Freimaurer die Furcht verlernen soll.

Eins der größten Hindernisse einer uneigennützigen Tätigkeit ist dann aber die Menschenfurcht oder eine falsche Gefälligkeit, wodurch gewiss mehr Gutes in der Welt verhindert ist, als man glauben sollte.

Denn es ist ja natürlich, dass einer der uneigennützig handelt, dem Eigennützigen, welcher alles auf sich bezogen haben will, sehr oft in den Weg kommen, und alsdann die Gesetze der Höflichkeit mit denen der Gerechtigkeit und Billigkeit zusammenstoßen.

Hier ist es eben, wo der Freimaurer frei, und nicht nach Menschenfurcht und Menschengefälligkeit handeln muss. Darum übt er sich bei unseren Zusammenkünften, die Menschen als sich alle gleich und als Brüder zu betrachten, damit er sich nicht durch das Verhältnis der Stände abhalten lässt, das zu tun, was er für recht hält.

Er wird deswegen kein Aufwiegler – denn er lernt sich der Notwendigkeit unterwerfen – wo er keine Möglichkeit sieht, der Ungerechtigkeit, der Unterdrückung abzuhelfen, da verschwendet er seine Kräfte nicht vergeblich, um sie auf Fälle zu sparen, wo sich lhm bessere Aussichten eröffnen.

Er weiß, dass er sich dem Sturm, dem Ungewitter, der Krankheit, dem Tode, unterwerfen muss, die alle stärker sind, als er, weil es vergeblich, weil es lächerlich sein würde, dagegen anzukämpfen.

Ebenso wie dem unwiderstehlichen Druck der Luft unterwirft er sich jeder stärkeren Macht, der er nicht widerstehen kann, und in dieser Unterwerfung, in dieser Resignation findet er eben seine höchste Freiheit.

Er findet sie darin, dass er nichts will, was er nicht könne, aber dass er auch alles will, was er kann.

Und der Mensch kann erstaunlich viel, wenn er alle seine Bestrebungen auf ein einziges Ziel hinrichtet.

Er hat sich auf die Weise die tierische Schöpfung, er hat sich die Elemente unterwürfig gemacht.

Wie vielmehr können also nicht die vereinigten Kräfte vieler Menschen ausrichten, wenn sie alle auf ein Ziel hinarbeiten – sich untereinander zu vervollkommnen, untereinander wechselseitig ihren Mut zu beleben, und sich gemeinschaftlich in der Mäßigkeit, Standhaftigkeit und Uneigennützigkeit zu üben.

Eine geringe Anzahl mäßiger, standhafter, und uneigennütziger Menschen, die sich alle zu einem Zwecke vereinigten, würden, wenn sie mit der gehörigen Klugheit zu Werke gingen, in der Welt Wunderdinge ausrichten.

Allererst muss freilich auf die innere Vervollkommnung hingearbeitet werden.

Der Mensch, der anderen Glückseligkeit und Zufriedenheit mitteilen will, muss erst selbst völlig glücklich und zufrieden sein.

Das wird er aber bloß durch Mäßigung seiner Begierden, und einer völligen Resignation.

Wer sich von der gewöhnlichen Klasse der Menschen durch ein höheres Freiheitsgefühl unterscheiden will, muss notwendig gelernt haben, jedes Gute des Lebens zu besitzen, ohne sich zu fürchten, es zu verlieren. Denn nur alsdann ist ihm der Genuss gesichert.

Der genießt gewiss sicher sein Leben am meisten, der es am wenigsten zu verlieren fürchtet – und der handelt auch am freisten.

Daher beziehen sich unsere Symbole so häufig auf eine gewisse Gleichgültigkeit und Unerschrockenheit vor dem Tode.

Die Furcht verengt das Herz, und macht es großer Empfindungen unfähig.

Wer für sich nichts mehr fürchtet, ist erst im Stand, für andere großmütige Wünsche zu tun. Wer sich nun nicht täglich in dieser Mäßigung seiner eigennützigen Begierden übt, um für die großmütigen Gesinnungen in seiner Seele gleichsam Platz zu machen, der verdient den Namen eines Freimaurers nicht, und wenn unsere Versammlung diese Mäßigung der eigennützigen Begierden nicht befördern hilfe, so erreichte sie ihren Zweck nicht.

Die höchstmögliche moralische Vervollkommnung ist also das Ziel, wonach der Maurer strebt und diese besteht in der zweckmäßigsten und uneigennützigsten Tätigkeit. Denn die bloßen Gesinnungen machen die Moralität nicht aus.

Wer edel denkt, muss auch edel handeln – sonst ist seine Denkungsart ein Schwert, das in der Scheide verrostet, und edel handeln, lernt man nicht anders, als durch Übung und durch Beispiel – und beide, wo das Beispiel gibt sowohl als wo es nimmt, gewinnen wechselseitig dadurch.

Weil nun in der Welt die guten Beispiele so zerstreut sind, so sollten sie in unseren Logen zusammengedrängt sein, damit dieselben die eigentliche Schule der Weisheit des Lebens würden.

Dazu müssen denn die einzelnen Subjekte freilich so viel Umgang wie möglich miteinander haben – denn die Maurerei soll uns ja aus unserem kleinen Umgangszirkel in einem größeren ziehen, wo wir mehr mannigfaltiges Gute sehen, als wir sonst Gelegenheit haben.

Wo wir uns in alle Rechte der Menschheit wieder eingesetzt fühlen.

Wo alle an der Wohlfahrt eines jeden Einzelnen teilnehmen, und bei seinen Schicksalen nicht gleichgültig sind.

Wo das, was unsere wahre Glückseligkeit ausmacht, zur Sprache kommt.

Wo ein jeder die Vorteile, die er durch eigene Erfahrung zu einer wahren Glückseligkeit ausfindig gemacht hat, und seine misslungenen Versuche den anderen mitteilt.

Wo alles uns anmahnen soll, das Leben zu genießen, und den Tod nicht zu fürchten – uns zu unterwerfen, wo wir müssen, und die Rechte der Menschheit zu verteidigen, wo wir können.

Wo wir lernen, dass wir nicht tätig sein müssen, um zu genießen, sondern nur genießen, um wieder tätig sein zu können.

Dass zwar in seinem bürgerlichen Beruf getreu zu sein, schon viel sei, aber dass der edle Mensch sich dennoch eine Mine zu eröffnen sucht, wo er mit selbstgewählter Tätigkeit und auf eine uneigennützige Art wirksam sein kann.

Wo wir beständig aufmerksam auf die Kürze unseres menschlichen Lebens erhalten werden, damit wir den gegenwärtigen Augenblick nutzen lernen.

Da nun alles darauf ankommt, immer mehr Kräfte, immer mehr Tätigkeit zu edlen Endzwecken in Umlauf zu bringen, da selbst das Leben bloß durch diese Tätigkeit sich vom Tod unterscheidet – o so lasst uns auch dahin sehen, dass in unseren Versammlungen immer Leben und Tätigkeit herrsche, dass das Band zwischen uns immer genauer geknüpft werde, dass dies der Ort sei, wo wir uns unsere edelsten Entschließungen mitteilen, und von dem, was uns Gutes gelungen ist, einander Rechenschaft ablegen.

Lasst uns die feierliche Pause in unserer Arbeit dazu nutzen, dass wir, von einem Geist belebt, unsere Gedanken zu irgendeine schöne Entschließung sammeln, die wir schon lange mit uns herumtrugen und nun ausführen wollen. Lasst uns gemeinschaftlich darauf denken, wie wir unsere Versammlungen, so nützlich und zweckmäßig, wie möglich, machen.

Ich wende mich noch mit wenigen Worten an euch, meine geliebten, neuaufgenommenen Brüder. Seid uns willkommen zu den neuen Arbeiten, welche ihr euch jetzt mit uns gemeinschaftlich unterzieht. Erhaltet uns eure Liebe und euer Zutrauen, und lasst uns nun Hand in Hand, dem großen Ziel der Maurerei entgegengehen, das wir, wenn wir nur einmal den rechten Weg eingeschlagen haben, hier oder dort gewiss erreichen werden!

An dem Stiftungstage einer Loge

Heilig ist jeder Tag dem Maurer,
Wo ihm eine edle Tat gelang.
Er feiert ihn nicht mit Geräusch und Prunk
Sondern auf seiner stillen Kammer
Wenn er vor Gott seine Handlungen prüft.
Heilig ist ihm auch der Tag,
Wo Menschen in Bündnis treten,
Wodurch sie besser und glücklicher
Und edler und weiser werden.
Denn ist nicht der Anfang jedes Guten
Des innigsten Dankes der innigsten Freuden wert,
Weil nur durch ihn
Das erwünschte Mögliche ihm wirklich ward –
Sind wir nun auch durch dies Bündnis
Das uns alle zusammenknüpft
Wirklich besser und glücklicher
Und edler und weiser geworden;
Ist es, seitdem wir diesem Bunde knüpften,
In unsern Köpfen heller,
In unserer Seele stiller,

Und ruhiger in dem sich sonst empörenden Herzen –
O so sei uns dieser Tag nicht minder wichtig
Als der, welcher uns das Leben gab.
Zählten wir statt edler Fortschritte im Guten
Jedes Jahr
Nach Mahlzeiten, die wir genossen,
Bis zu diesem festlichen Tage,
So muss er von nun an
Unter den gleichgültigen Tagen
Des Jahrs vergessen sein!
Denn was kümmert mich der Anfang dessen
Wodurch weder Böses verhindert
Noch Gutes gefruchtet ward!
Bei jeder menschlichen Unternehmung
Frägt die Vernunft, wo ist das Ziel davon?
Und findet sie keinen,
So ist die Unternehmung Kinderspiel und Tand.
Und was gibt es wohl für ein edlers Ziel des Maurers,
Als den höchsten Grad
Der Mäßigkeit und Standhaftigkeit,
Eine weise Unerschrockenheit
Eine unerschütterliche Rechtschaffenheit
Und eine unübersehliche Wahrheitsliebe zu erlangen?
Die Furcht muss der Maurer verlernen
Um groß und edel zu handeln
Predigen das nicht alle Symbole der Maurerei?
Uns der Notwendigkeit zu unterwerfen
Standhaft zu sein in Gefahren
Unerschrocken vor dem Tode
Der für die Edeln
Wer bei jedem Schritte, den er tut,
Sein Leben, sein Ansehen, seinen Gönner,
Seine Bequemlichkeit zu verlieren fürchtet
Kriecht im Staube –
Und ist zu nichts Großem fähig. –

So wollen denn künftig wir, meine Brüder,
Die uns ein weiseres Band verknüpft
Uns einander vor dem Müßiggange
Der Weichlichkeit und der Unmäßigkeit warnen
Das uns allen winkt,
Und unsre Losung sei:
Die Beständigkeit!

***

Die folgenden Aufsätze sind zum Teil pädagogisch, und scheinen auf dem Unterricht seines Sohnes abzuzwecken, oder für einen seiner Freunde aufgesetzt zu sein, dem er dadurch eine Anleitung zur Entwicklung der Begriffe bei Kindern geben wollte. Dieser Freund ist, wie ich von dem Hirtenknaben erfahren habe, ein Prediger, der zwei Meilen von hier wohnt: von ihm hoff' ich mehr Auskunft über Sonnenbergs Schicksal zu erhalten.

***

»Was ist denn Tugend?«, fragte der kleine Amint seinen Vater. Der Vater schwieg eine Weile, als dächte er an etwas anders, dann sagte er: »Komm, lass uns ein wenig im Garten spazieren gehen!«

***

Als sie nun im Garten hinter dem Haus spazieren gingen, so zeigte der Vater dem kleinen Amint die fruchttragenden Apfel- und Birnbäume, und machte ihn aufmerksam, wie die Zweige unter ihrer Bürde sich niedersenkten. Insbesondere stand ein schöner Apfelbaum im Garten, der alle Übrigen an Fruchtbarkeit übertraf –

man war zweifelhaft, ob man mehr Blätter oder Früchte auf diesem Baum zählen sollte, so hatte sich manchmal an einem einzigen Zweig eines kleinen Astes eine ganze Traube rotwangiger Äpfel zusammengedrängt, welche die Stütze, die sie emporhielt, zu zerbrechen drohte.

Der kleine Amint konnte diesen Baum nicht genug betrachten, so sehr ergötzte ihn der Anblick desselben.

Dieser Baum ist mir auch sehr wert, sagte der Vater, die Äpfel, die er trägt, sind sehr gesund und wohlschmeckend, und er trägt ihrer gewöhnlich so viele, dass wir fast den ganzen Winter über nach der Mahlzeit unseren Gaumen damit erfrischen können.

Der Nachbar von diesen Baum, siehst du, trägt eben die Art von Frucht, aber er hat lange die Tugend nicht, wie dieser?

»Tugend, Vater?«, sagte der kleine Amint. »Kann denn ein Baum auch Tugend haben? Was ist denn Tugend?«

»Ich meine nur,« sagte der Vater, »dass der Nachbar von diesem Baum noch nie so viele und so schöne Früchte, als dieser, getragen hat, ob sie beide gleich von einem Alter, und von einer Art sind. Dieser Apfelbaum, der mir so wert ist, hat in zwölf Jahren nur einmal schlecht, und sein Nachbar hingegen hat in eben diesem Zeitraum nur einmal gut getragen – darum habe ich gesagt, dass dieser lange nicht die Tugend, wie jener habe.«

Der kleine Amint war sehr aufmerksam auf das, was sein Vater sagte, und ob er's gleich noch nicht völlig verstand, so dachte er sich doch etwas dabei.

Sie gingen darauf wieder ins Haus und stellten sich eine Weile vor die Tür, die nach der Straße zu ging. Da waren ein paar Knaben auf der Straße, die hatten sich an einer Mauer ein Ziel gemacht, nach welchem sie mit einem Schleuder warfen. Sie warfen immer wechselweise. Und währenddessen der eine von den beiden Knaben, das Ziel neun Mal nacheinander traf, hatte der eine es nur ein einziges Mal getroffen.

»Der eine Knabe ist doch weit geschickter im Werfen, als der andere,« sagte der kleine Amint zu seinem Vater.

»Man kann doch nicht wissen,« sagte der Vater, »dem anderen kann sein Wurf nur vielleicht so oft misslungen sein.«

»O lieber Vater,« sagte Amint, »das ist nicht wohl möglich, wenn du bedenkst, dass der eine neun Mal nacheinander das Ziel getroffen hat, während der andere es nur einmal traf.«

»Wir wollen sehn!«, sagte der Vater!

Sie standen noch wohl eine halbe Stunde an der Tür, und derjenige von den beiden Knaben, welcher zuerst neun Mal nacheinander das Ziel getroffen hatte, traf es nun noch zwanzig Mal, ohne ein einziges Mal zu fehlen, währenddessen der andere, welcher immer wechselweise mit ihm warf, es nur zwei bis drei Mal treffen konnte.

»Siehst du nun wohl, Vater, dass der eine Knabe geschickter im Werfen ist, als der andere?«, sagte der kleine Amint.

»Ich sehe es!«, antwortete der Vater.

Als der kleine Amint nach Tisch mit seinem Vater über die Straße ging, so kamen sie vor dem Haus eines Nachbars vorbei, der ein reicher Brauer war, und in einem alten zerrissenen Schlafrock eingehüllt, und dem Kopf in eine große Mütze eingesteckt, aus dem Fenster sah. Dieser winkte einen Bettler heran, und gab ihm einen Dreier.

»Das wundert mich,« sagte Amint, »dass unser Nachbar einen Bettler heranwinkt, und ihm einen Dreier in den Hut wirft.«

»Warum wundert dich das?«, fragte der Vater.

»Weil das sonst gar seine Gewohnheit nicht ist,« sagte Amint, »ich habe sonst wohl gesehen, dass er herausgekommen ist, und die armen Leute mit einem großen Prügel vor seiner Türe weggejagt hat.«

»Aber wenn nun unser Nachbar, der Schmidt, einen armen Mann an seinen Fenster gewinkt, und ihm einen Dreier in den Hut geworfen hätte, würdest du dich auch darüber gewundert haben?«

»O nein, darüber würde ich mich gar nicht gewundert haben«, antwortete Amint.

»Und warum nicht?«, fragte der Vater weiter.

»Das ist ja sehr natürlich,« versetzte Amint, »dass ich mich darüber nicht wundern werde, weil unser Nachbar der Schmidt immer den Armen gibt – man ist das schon einmal von ihm gewohnt.«

»Wen hälst du also für freigiebig,« fragte der Vater, »unseren Nachbar den Brauer, der alle Jahr etwa einmal gibt, oder unser Nachbar den Schmidt, der immer gibt?«

»Versteht sich, unseren Nachbar, den Schmidt«, erwiderte Amint.

»Welcher von den beiden Knaben, denen wir heute morgen zusahen, hälst du denn nun für eigentlich geschickt im Werfen, den, der unter zwanzig Malen kaum drei Mal, oder den, der zwanzig Mal nacheinander das Ziel traf?«

»Versteht sich, den Letzteren«, erwiderte Amint.

V: Aber welchen von den beiden Apfelbäumen in unserem Garten hälst du für eigentlich fruchtbar, den der in zwölf Jahren nur einmal gut, oder den, der in eben so vielen Jahren nur einmal schlecht getragen hat?

A: Natürlicherweise den, der in so langer Zeit nur einmal schlecht und sonst immer gut getragen hat.

V: Du nanntest also den Schmidt dieserwegen freigiebig, weil er gewöhnlich gibt; und den Knaben deswegen geschickt im Werfen, weil er gewöhnlich das Ziel trifft; und den Baum fruchtbar, weil er gewöhnlich viel Früchte trägt; nicht wahr?

A: Freilich, deswegen.

V: Natürlicherweise gefällt dir auch wohl der freigiebige Nachbar besser, als der Unfreigiebige?

A: Nicht anders.

V: Und der im Werfen geschickte Knabe besser, als der ungeschickte?

A: Freilich.

V: Und der fruchtbare Baum besser, als der unfruchtbare?

A: Natürlich.

V: Aber von diesen dreien, was verdient nun wohl am meisten die Achtung und Liebe, der fruchtbare Baum, der im Werfen geschickte Knabe, oder der freigiebige Schmidt?

A: Ohne Zweifel der freigiebige Schmidt.

V: Warum gerade der? Der fruchtbare Apfelbaum bietet dir ja seine Früchte dar, und lässt sie willig von dir abpflücken – er ist ja weit freigiebiger, als der Schmidt. Der Schmidt gibt nur den Armen, die es bedürfen, aber dir gibt er nichts, weil du alles hast, was du bedarfst – auch wird er nie sein ganzes Vermögen wegschenken. – Der Baum hingegen bietet dir und einem jeden alle seine Früchte dar, der nur die Hand danach ausstrecken will, um sie abzupflücken.

A: Aber deswegen kann ich ja doch den Baum nicht eigentlich lieben und achten.

V: Warum kannst du ihm nicht lieben und achten?

A: Weil er es selbst nicht weiß, dass er die Früchte darbietet, noch dass sie von ihm abgepflückt werden.

V: Ist denn der Baum nicht freigiebiger, als unser Nachbar der Schmidt?

A: Nein, denn der Schmidt weiß es, dass er gibt, aber der Baum weiß es nicht, dass er gibt.

V: Aber er gibt doch.
A: Nein, er gibt auch nicht eigentlich.
V: Warum gibt er denn nicht eigentlich?
A: Wenn ich nicht weiß, dass ich jemanden etwas gebe, so gebe ich ihm auch nichts.
V: Wenn du z. B. im Schlaf einen Apfel in der Hand hieltest, und zufälliger Weise den Arm ausstrecktest, als ob du ihn jemanden darreichst, und einer nähme ihn dir aus der Hand, so hätte der ihn zwar genommen, aber du hättest ihn nicht gegeben.
A: Nein, denn ich hätte nicht daran gedacht, dass ich ihn hätte geben wollen.
V: Kann aber der Baum je daran denken, dass er irgendjemanden seine Frucht darreicht?
A: Niemals.
V: Also gibt der Baum auch niemals?
A: Nein!
V: Und kann auch nicht als freigiebig betrachtet werden?
A: Auf keine Weise.
V: Aber fruchtbar kann ich ihn nennen?
A: Freilich.
V: Der Baum in unseren Garten ist also nur fruchtbar, aber der Schmidt in unserer Nachbarschaft ist wohltätig und freigiebig – das ist ein erstaunlicher Unterschied – alle fruchtbaren Bäume in der Welt zusammengenommen, können das nicht, was ein Mensch kann; sie können das kleinste von ihrer Frucht nicht geben, weil sie es geben wollen, sondern müssen, gleich einem Menschen, der in tiefen Schlummer liegt, sich bloß leidend verhalten, wenn ihre Frucht ihnen abgepflückt wird – es ist also sehr natürlich, dass du mehr Liebe und Achtung für einen wohltätigen Menschen, als für den allerfruchtbarsten Baum in der Welt haben musst, obgleich der fruchtbare Baum auch seinen Wert

hat, wie der in unserem Garten, der mir auch weit lieber ist, als sein Nachbar, welcher fast gar keine Früchte trägt – wenn er sich das künftige Jahr nicht bessert, so werde ich ihn abhauen lassen, weil er zu nichts weiter taugt.

A: Kann er sich denn bessern, Vater?

V: Bessern nun wohl eigentlich nicht, aber er kann doch mehr Früchte tragen, wenn er das nicht tut, so lass ich ihn umhauen.

A: Der arme Baum! Er hat ja doch nichts Böses getan!

V: Dafür soll er auch nichts Böses leiden.

A: Und du willst ihm doch umhauen lassen.

V: Freilich, das wird ihm nicht weh tun – es soll auch keine Strafe für ihn sein, sondern er soll nur nicht unnütz bleiben – wenn er abgehauen ist, taugt er noch immer zu etwas, wenn es auch nur wäre, dass er im Winter ein paar Tage lang unser Zimmer heizte – aber so wie er unfruchtbar dasteht, taugt er zu gar nichts, und an seiner Stelle kann ein besserer und fruchtbarerer Baum stehen.

A: Das ist wohl wahr – aber wenn uns nun gleich der Baum die Stube heizt, so ist er denn doch kein Baum mehr. Darum dächt' ich doch, du ließest den Baum lieber stehen, und gönntest ihm den Platz – wenn er denn gleich nur wenig Früchte trägt, so bleibt er doch immer noch ein Baum.

V: Du bedenkst nicht, dass der Baum gar nicht dasteht, bloß um dazustehen, und ein Baum zu sein, sondern er soll zu etwas taugen, er soll nützlich sein. Denn an Bäumen fehlt es nicht in der Welt, eben so wenig, wie an Menschen, aber ein jeder Mensch soll auch zu etwas taugen, zu etwas nützlich und brauchbar sein. Wie z. B. unser Nachbar der Schmidt, der in unserem ganzen Haus die Schlösser an die Türen angelegt hat, und ein sehr geschickter Arbeiter ist, wenn der den ganzen Tag die Hände in den Schoß legen, und auf seinem Lehnstuhl sitzen wollte, so würde er nicht das Vergnügen haben, den Armen so viel geben zu können, als er jetzt tut. – Jetzt ist er ein sehr notwendiger Mann in seinem Haus – seine Kinder, die er so unterrichtet, und zum Guten anhält, wie ich dich unterrichte, und zum Guten anhalte, würden sehr viel an ihm verlieren, wenn er stürbe; die Armen und Notleidenden, denen er geholfen hat, würden seinen Verlust ebenfalls sehr stark empfinden; und denn würde auch seine Stelle nicht leicht wieder durch einen ebenso geschickten und guten Arbeiter ersetzt werden. – Das alles gibt nun dem Mann einen großen Wert, besonders da ihm alles Gute, was er an sich hat, schon so zur Gewohnheit geworden ist, dass man sich in allen Stücken fest auf ihn verlassen kann, wenn er eine Arbeit nicht fertig machen kann, so verspricht er es auch nicht; hat er sie aber einmal versprochen, fertig zu machen, so hält er sein Wort unverbrüchlich. Er gibt den Armen nicht nur Geld, sondern steht ihnen auch mit seinem Rat und Vorwort bei, wo er kann. Ganz fremde Leute wenden sich zuweilen an ihm, bloß ihn in wichtigen Sachen um Rat zu fragen, so groß ist das Zutrauen, das er sich durch seinen rechtschaffenen Wandel nun bei allen Menschen erworben hat. – Wenn nun dieser Mann sein schweres Tagewerk vollendet hat, so sitzt er des Abends unter seinen Kindern, und unterrichtet sie, wie sie es machen sollen, um auch einst so gut und rechtschaffen, wie er zu werden.

A: O, das muss ein vortrefflicher Mann sein, unser Nachbar, der Schmidt.

V: Das ist er. Du wolltest doch von mir wissen, was die Tugend sei. Das kann ich dir für jetzt noch nicht sagen, aber so viel kann ich dir sagen: unser Nachbar, der Schmidt, ist ein tugendhafter Mann.

Die Behutsamkeit

Eines Abends kamen drei Wanderer in einer Herberge zusammen, und weil es sich gerade fügte, dass sie alle drei einerlei Ziel ihrer Reise hatten, so beschlossen sie, sich unterwegs zusammenzuhalten, um sich teils durch angenehme Gespräche den Weg zu verkürzen, und teils auch in Gefahr einander beizustehen.

Jeder ergriff also am folgenden Morgen früh seinen Wanderstab, und sie traten zusammen ihre Reise an.

Die Sonne ging schön auf, und malte ihnen mit ihren ersten Strahlen die schönsten Aussichten auf ihren Weg hin, woran sich ihr Auge ergötzen konnte.

Sie freuten sich alle drei des schönen Morgens, und keiner unter ihnen war traurig oder niedergeschlagen.

Als aber das Gespräch unter anderen auf den Weg fiel, den sie an diesem Tag noch zurücklegen wollten, so fing der eine an zu zittern und zu zagen, weil sie durch einen Wald mussten, den man, wegen Räubereien und Mordtaten, die darin verübt wurden, für unsicher hielt. Der andere schalt diesen eine feige Memme, und sagte, dass er seinen Mann schon stehen wolle, wenn er es auch allein mit Sechsen aufnehmen sollte. Der Dritte sagte nichts, als dass er seine beiden Gefährten ermahnte, ihre Schritte zu verdoppeln, damit sie noch vor Sonnenuntergang durch den Wald kämen.

Sie waren noch nicht viele Schritte gegangen, so kamen sie an einen schmalen Steg, der über einen ziemlich breiten und tiefen Fluss führte.

Hier zeigte sich nun die große Verschiedenheit dieser drei Wanderer, die sich am Morgen früh noch so ähnlich schienen, sehr auffallend.

Der eine blieb furchtsam und zitternd am Ufer stehen, ihnen schauerte schon vor dem Gedanken, diesen schmalen Steg zu betreten. Der andere, der gesagt hatte, dass er seinen Mann schon stehen wolle, dachte dem Furchtsamen recht zu beschämen, und indem er ohne vor sich hinzusehen, über den Steg hinspringen wollte, als ob er zu beiden Seiten festen Boden hätte, stürzte er Hals über Kopf ins Wasser.

Währenddessen der Dritte behutsam, vor sich niedersehend, und mit festem Schritt über den Steg ging, und den Tollkühnen rettete, indem er ihm vom gegenseitigen Ufer einen Ast zuwarf.

Er ging darauf zurück, und bot auch dem Furchtsamen die Hand, um ihn über den Steg zu leiten, und jener während der Zeit keinen Blick auf eine von beiden Seiten warf, um die ihm drohende Gefahr nicht zu sehen.

Ohne den behutsamen Wanderer würden also weder der Tollkühne noch der Furchtsame jemals das andere Ufer des Flusses erreicht haben.

Die nun folgenden Aufsätze scheinen nicht lange vor seinen Tod niedergeschrieben zu sein.

***

Die Nacht ist lang, aber meine Augen sind schwer.

Ossian.

***

Den Kopf auf die Hand gestützt saß ein Lebenswanderer auf dem Stamm einer abgehauenen Eiche, und blickte in den vorbeifließenden Strom. Der Strom war tief und schnell, das Wasser gelb und leimicht, und hie und da bildeten sich kleine Wirbel auf der fortschießenden glatten Oberfläche.

Seit dem frühen Morgen hatte der einsam Trauernde mit unverwandtem Blick in die Flut hinabgesehn, und schon neigte die Sonne sich wieder zum Untergang.

Da hob er sein Klagelied an, und sprach:

»Ich weinte, da meine Mutter mich mit Schmerzen gebar.«

***

Zum ersten Male habe ich heute die unaussprechliche Seeligkeit empfunden, mich außer mich selbst zu sehen.

Ich sah mich in einem Winkel der Stube sitzen, und schreiben, das Licht mir näher rücken, und den Schirm vorschieben.

Ich war ein Gott in dem Augenblick, ich hätte mich können sterben sehen – hätte meinen Leib zu Asche verbrennen sehen – und gelächelt. Ich untersuchte meine Gesichtszüge und fand erst mürrischen Ernst mit Bitterkeit vermischt darin.

Dann sahe ich mein Auge sich allmählich erheitern, – und wo war ich, da ich dies sah?

Wo? Ich hatte keinen Gedanken mehr für das wo – ich war nirgends und doch überall. Ich fühlte mich aus der Reihe der Dinge herausgedrängt, und bedurfte des Raums nicht mehr.

Nun fühl' ich mich wieder eingekerkert in dieses Beinhaus, in diese zerbrechliche Hütte von Leimen.

Süße Freiheitsstunde, wann erscheinst du wieder?